FIDÈLE AU POSTE

Du même auteur

Combien de temps, récit, 2011

Amélie Antoine

FIDÈLE AU POSTE

Michel LAFON

118, avenue Achille-Peretti – CS 70024
92521 Neuilly-sur-Seine Cedex

www.michel-lafon.com

À Samuel,
qui m'a longuement contemplée en suçant son pouce
alors que j'écrivais cette histoire.

1.

16 mai 2013

Chloé

Bien sûr que Gabriel va s'inquiéter. Il s'en fait toujours pour moi, il semble se demander en permanence si je vais bien, si rien ne m'est arrivé. Non pas qu'il soit de nature angoissée. C'est juste que je suis tout pour lui, alors forcément il a peur de me perdre. Sous son air nonchalant, il cache une faille, un abîme d'anxiété qui n'existait probablement pas avant qu'il me rencontre et s'attache à moi. J'aime Gabriel, et j'aime qu'il m'aime. J'aime l'image qu'il me renvoie de moi-même, l'idée qu'il n'est rien sans moi.

Peut-être devrais-je parler à l'imparfait ? Je ne sais pas, j'ai l'impression d'être dans l'immédiat, comme s'il n'y avait plus de futur ni de passé, seulement un instant T qui se prolonge indéfiniment.

Que va-t-il penser de tout ça ? Il sera triste, c'est certain. Anéanti, même. Ça se comprend. Ensuite, il sera en colère. J'ai très rarement vu Gabriel dans cet état, c'est quelqu'un de très conciliant, de facile à vivre, et qui pardonne aisément aux autres les erreurs qu'ils peuvent commettre. Mais je sais qu'il sera en colère cette fois-ci ; en colère contre moi, en colère contre lui. Il m'en voudra d'avoir laissé ça se produire entre nous. Il s'en voudra de ne pas avoir pu l'empêcher. De ne pas avoir pu me *contrôler*, me protéger de moi-même.

Dans trois mois, j'ai trente ans. Dire qu'il va devoir annuler la fête surprise qu'il avait prévue pour moi… Je devrais dire « qu'il avait probablement prévue pour moi », c'est vrai. Mais Gabriel est si prévisible qu'il est évident qu'il aura organisé une soirée en mon honneur. Le connaissant, il aura tout prévu depuis des mois déjà. Il aura invité nos amis, ma famille, mes collègues depuis le mois de janvier, pour être certain que tout le monde serait disponible et ne me ferait pas faux bond pour ce passage de décennie. Comme mon anniversaire tombe en plein mois d'août, il a raison d'anticiper, il sait le nombre de fois où j'ai été déçue par le passé. À l'école primaire, mes camarades de classe étaient toujours partis en vacances au moment où mes parents proposaient d'organiser une fête d'anniversaire. Au bout de quelques années, on les avait donc systématiquement invités fin juin, mais pour moi ce n'était pas pareil. Au collège, puis au lycée, j'avais aussi pris l'habitude d'organiser une soirée avant la fin de l'année scolaire, avant que tout le monde ne déserte Paris pour l'été. Bref, j'ai rarement soufflé mes bougies le jour de mon anniversaire, et ça, Gabriel le sait.

Il aura réservé une salle, engagé un traiteur pour le buffet et un DJ pour la musique. Il aura prévu un cadeau commun, un cadeau qui va m'enchanter alors que je n'y aurais sans doute pourtant jamais songé auparavant. Parfois, je me dis qu'il me connaît mieux que moi-même…

Il a peut-être même déjà prévu quel gâteau il ferait, encore un qu'il passera une demi-journée à confectionner, avec plusieurs étages, un glaçage brillant et des fruits exotiques en décoration. Trente bougies tout autour, plutôt que deux minables chiffres 3 et 0 que je ne mettrai qu'un dixième de seconde à souffler. Trente bougies magiques, celles qui se rallument toutes seules, pour lui permettre de prendre suffisamment de photos de moi en train de les souffler.

Plus tard, il choisira mon meilleur portrait – celui où je ne fermerai pas les yeux, celui où je soufflerai les bougies en ayant l'air à la fois heureuse et concentrée –, le fera développer et le collera amoureusement dans notre album photo.

Enfin, c'est comme ça que ça aurait dû se passer. Mais à quoi bon regretter, ce qui est fait est fait. Je ne suis pas du genre à me lamenter sur mon sort.

En ce moment même, Gabriel est encore sous la douche. Il va bientôt attraper sa serviette, l'enrouler autour de ses hanches et saisir sa brosse à dents dans le gobelet à droite du lavabo de la salle de bains. Il essuiera la buée sur le miroir, juste assez pour distinguer son visage et pouvoir se coiffer rapidement. Après avoir mis un pantalon de costume noir, il ira repasser une chemise blanche, il l'enfilera et la boutonnera en descendant l'escalier. Il regardera l'heure sur son téléphone, se rendra compte qu'il est en retard, saisira son portefeuille et ses clés de voiture, et fera claquer la porte d'entrée un peu trop fort. Il se dira alors qu'il n'a pas eu le temps de petit-déjeuner, mais qu'il prendra un café en arrivant à la banque. Avec son premier client de 9 heures.

Comme tous les matins.

J'ai l'impression de pouvoir anticiper chacun des gestes de Gabriel, à la fois parce qu'il accomplit presque toujours les mêmes et parce qu'au bout de quasiment huit ans de vie commune, dont trois de mariage, je connais tout de lui. Toutes ces petites habitudes qui peuvent sembler monotones, voire horripilantes au quotidien, et qui me manquent presque aujourd'hui, à ma grande surprise.

J'imagine déjà son regard blessé quand il saura. La façon qu'il aura de se renfermer sur lui-même, l'envie qu'il aura d'être seul. J'ai mal pour lui, et en même temps je me dis que la vie est faite d'épreuves. Je crois suffisamment en Gabriel pour être sûre qu'il surmontera ce qui va arriver. S'il y a un homme sur Terre capable de sortir plus fort de tout ça, c'est bien lui.

Avec mon pouce, je fais tourner mon alliance sur mon annulaire, machinalement. Je regarde la fine ligne de peau blanche que j'aime tant, qui contraste avec le reste de ma main habituée au soleil, et je réalise qu'à partir de maintenant ce n'est plus moi qui ai la maîtrise de la situation.

Gabriel

La porte d'entrée claque derrière lui et il se dirige rapidement vers la voiture. Il s'installe au volant et allume la radio distraitement. Oui, il est encore en retard. Il n'a jamais été du matin. Tout petit, sa mère devait venir au moins quatre ou cinq fois le secouer pour qu'il daigne enfin se lever pour aller à l'école. Il essayait en vain de mettre la tête sous son oreiller pour ne plus rien entendre, mais elle finissait toujours par venir retirer la couette de son lit et ouvrir en grand les volets de la chambre, de façon à ce qu'il n'ait plus d'autre choix que celui de quitter son lit, la tignasse emmêlée et les yeux encore collés de sommeil.

Sa mère n'était ni délicate ni patiente. Mais elle était efficace et organisée. À sa décharge, devoir gérer trois enfants avec un mari bien trop souvent absent devait être plus qu'usant au quotidien. D'où l'organisation quasi militaire en semaine, les plannings pour les passages à la salle de bains et les listes interminables de corvées que chacun devait accomplir.

Malgré tous ses efforts, à trente et un ans, Gabriel arrive presque toujours en retard au travail. Enfin, pas en retard, mais toujours à la limite. S'il a un rendez-vous avec un client à 9 h 15, il arrivera à 9 h 14. C'est presque en avance, dans un sens.

Alors oui, le matin, il court. Après avoir éteint le réveil qui bipe sur la table de chevet, il se rendort aussitôt. Il a toujours l'illusion qu'ainsi il va s'éveiller en douceur, mais en réalité il replonge systématiquement dans un sommeil profond… Et ensuite, il se réveille en sursaut, à l'heure où il devrait déjà être parti. Il se lève d'un bond, file sous la douche, repasse vite fait mal fait une chemise, descend l'escalier, attrape le minimum vital (clés de voiture, portefeuille, téléphone) et part. Pour autant, il n'est pas le moins du monde stressé (sinon, il agirait autrement). Juste, il préfère profiter du lit jusqu'au dernier moment, quitte à devoir se dépêcher ensuite.

Chloé était déjà partie lorsqu'il s'est enfin levé. Elle avait prévu d'aller nager avant de démarrer sa journée. Quand elle fait 10 heures-19 heures, elle va toujours nager tôt le matin. Selon la saison, bien sûr. Et l'horaire des marées. Elle a pris cette habitude quand ils se sont installés à Saint-Malo, il y a trois ans, juste après leur mariage. Elle a accepté de quitter Paris pour venir s'installer ici uniquement parce qu'il y avait la mer. Bien sûr, c'est parce que la banque a proposé à Gabriel un poste qu'il ne pouvait pas refuser qu'ils ont abandonné la capitale, et aussi parce que ce dernier mourait d'envie depuis des années de retourner dans la ville où il avait grandi. Gabriel sait bien que c'était un sacrifice pour elle de s'éloigner de ses amis, de trouver un nouveau poste de coach sportif, et surtout de ne plus habiter dans une grande ville qui vit à un rythme effréné et où il y a toujours quelque chose à faire. Il sait tout ça. Mais il sait aussi que s'il n'y avait pas eu la mer, jamais Chloé n'aurait accepté de déménager.

Elle adore nager dans les vagues.

Au début, il essayait de l'accompagner, mais il a vite abandonné, surtout qu'elle aime y aller le matin. Au moment où lui profite de ses derniers instants de sommeil... Il se dit que de toute façon elle préfère être seule, sans personne autour d'elle, avec uniquement le bruit des vagues et de sa respiration. C'est son moment de calme avant de retrouver tous les clients inscrits à la salle de sport, qui attendent en rangs serrés leur cours de cardio ou de step. Et il respecte ce désir de solitude ; il a toujours aimé – et même admiré – son côté indépendant. Sa force de caractère. L'impression qu'elle s'en sortirait dans toutes les situations, avec ou sans lui. Que si elle est avec lui, c'est par choix et non par besoin.

Gabriel arrive à la banque, il est 9 h 02. Son premier client a annulé son rendez-vous auprès de la secrétaire, il a donc une demi-heure de liberté pour prendre un café en lisant les derniers mails qu'il a reçus. Il envoie un texto à Chloé pour lui demander s'ils se retrouvent toujours à 13 heures dans le centre-ville pour aller déjeuner rapidement. Ils en ont parlé hier soir, mais il arrive que son planning pour la journée change et qu'elle ne l'apprenne qu'à son arrivée au club.

À partir de 9 h 30, les rendez-vous s'enchaînent avec les clients, et Gabriel ne voit pas la matinée filer. Il adore son métier. Quand on lui demande ce qu'il fait dans la vie, Chloé répond toujours que son mari est banquier, mais il trouve que ce terme donne l'image d'un gros bonhomme chauve, assis derrière un bureau imposant en bois sombre à suçoter un cigare. Il préfère dire « conseiller financier », et après tout c'est ce qu'il fait. Il conseille des clients aisés en matière de placements financiers, que ce soit dans une assurance vie, un plan épargne-logement, ou en Bourse. Le patrimoine de la plupart d'entre eux lui permet d'avoir une marge de manœuvre et de choix plus intéressante qu'avec les clients de classe moyenne qu'il conseillait en région parisienne. Il est en mesure de leur proposer une gamme d'investissements qui ont un rendement nettement supérieur, à condition bien sûr d'accepter une part de risque.

Pourtant, Gabriel n'a pas le profil du trader excité par le risque, accro à l'adrénaline que lui procure chaque hausse de la Bourse. Ce qui le motive depuis qu'il a débuté dans ce métier, c'est d'aider ses clients à faire fructifier au mieux leur épargne, à trouver le placement qui leur rapportera le plus. Ce qu'il apprécie au quotidien, c'est d'établir une relation de confiance avec ses interlocuteurs. Son travail, c'est aussi d'amener la vieille dame guindée qui ne comprend pas grand-chose aux chiffres, le chef de famille soucieux de l'avenir, ou le fils à papa qui n'a jamais rien eu à faire pour que l'argent tombe du ciel à l'apprécier, à lui confier leurs économies pour qu'il puisse ensuite en tirer le maximum. Pour eux, bien sûr.

Il met un point d'honneur à leur expliquer de la façon la plus honnête possible les risques qu'ils encourent, mais aussi les sommes qu'ils pourraient gagner. Il les tient au courant des évolutions de leur épargne, n'hésite pas à les appeler pour leur proposer un investissement plus intéressant. Il aime aussi l'aspect mathématique, donc prévisible, de son travail. Il aime les chiffres, les courbes, les calculs, les projections. Il trouve tout cela rassurant, par rapport aux réactions humaines parfois inattendues.

Il se souvient encore de ce vieil homme, âgé d'environ quatre-vingts ans, qui avait retiré toute son épargne sur un coup de tête, parce que son gendre lui avait affirmé qu'il connaissait des placements bien plus intéressants. Gabriel avait tenté de le raisonner, de lui expliquer que les investissements dont il parlait étaient sans doute plus lucratifs mais surtout beaucoup plus risqués, et est-ce qu'à son âge il avait intérêt à risquer ses économies pour gagner quelques milliers d'euros ? Le vieil homme ne l'avait pas écouté, et il avait transféré tous ses comptes. Gabriel n'avait pas été surpris d'apprendre quelques mois plus tard que son ancien client avait perdu plus de la moitié de son patrimoine.

Non, les chiffres n'étaient jamais irrationnels, ils n'agissaient jamais de façon imprévisible, contrairement aux êtres humains qui entraient dans son bureau.

À midi, Gabriel se rend compte qu'il n'a toujours pas eu de réponse de Chloé, alors qu'elle a dû arriver au club depuis deux heures déjà. Il lui renvoie un texto entre deux rendez-vous, un simple point d'interrogation pour lui rappeler de lui répondre pour ce midi. Pas besoin de mots, elle comprendra. Gabriel est adepte du minimalisme en matière de SMS.

À 12 h 45, il se demande s'il doit se rendre au centre-ville pour y attendre Chloé, ou si, n'ayant toujours aucune nouvelle de sa part, il ferait mieux de se commander des sushis au bureau. Il compose son numéro de téléphone et écoute les sonneries se succéder. « Vous êtes bien sur le répondeur de Chloé, laissez-moi un message ! » Gabriel raccroche en soupirant, puis se ravise. Il appuie à nouveau sur la touche « Appeler », réécoute les sonneries puis le message de Chloé. Après le bip, il se racle la gorge. Il déteste parler à une machine.

– Oui, Chloé, c'est moi. Je suppose que tu as oublié pour ce midi, ou alors c'est moi qui ai mal compris ? Juste pour te dire que je mange au bureau, d'accord ? Rappelle-moi quand tu auras mon message. À tout à l'heure.

Gabriel n'est ni mécontent ni énervé. Il a l'habitude que Chloé oublie leurs rendez-vous, ou qu'elle ne prenne pas le temps de répondre aux messages qu'elle reçoit. Elle n'est pas organisée, et plutôt tête en l'air, aussi Gabriel ne le prend pas personnellement. Il sait que quand elle le rappellera, elle sera désolée du quiproquo et aura mille choses à lui raconter qui lui feront oublier ce déjeuner manqué. Elle s'exclamera « Oh non, j'avais complètement zappé, tu ne m'en veux pas, dis ? » ; il peut presque entendre sa voix, son désarroi. Il serait bien incapable de lui en vouloir, Chloé est comme une tornade qui file à toute allure sans jamais s'arrêter. Lui se contente d'essayer de suivre son rythme effréné, ses envies, parfois ses lubies. Il a toujours trouvé son énergie inspirante, enthousiasmante. Elle vit à cent à l'heure, pied au plancher. N'a jamais assez de temps. Répète souvent qu'elle n'aura pas assez de toute une vie pour accomplir tout ce qu'elle désire. Leurs proches croient que Gabriel tempère sa fougue, mais lui sait que Chloé ne fait que reprendre son souffle auprès de lui, se ressourcer auprès d'un mari calme et posé. L'un est l'équilibre de l'autre. Chloé évite à Gabriel de s'endormir, il lui évite de se brûler les ailes à trop vouloir en faire.

Distraitement, il choisit ses sushis sur Internet et sort prendre l'air sur le trottoir en attendant le livreur. Il n'a pas eu le temps de déjeuner ce matin, et il commence à avoir vraiment très faim.

Emma

– Vous pourriez incliner un peu plus la tête à gauche s'il vous plaît ? Oui comme ça, sur son épaule ! Regardez devant vous, ne fixez pas l'objectif, d'accord ?

La jeune mariée pose la tête sur l'épaule de son mari et tente de prendre un air inspiré, qu'elle a dû voir dans un quelconque magazine féminin. Elle a l'air un peu constipé, avec son léger sourire crispé qui se veut naturel.

Je ne dis rien, mais je suis au bord de l'implosion. Ça fait deux heures qu'on est sur ces photos de couple ringardes ; madame qui regarde monsieur avec un air amoureux, madame qui est le dos contre un arbre et prend un air ingénu pendant que monsieur s'appuie d'un bras sur le tronc, dans une attitude à la fois protectrice et dominatrice, monsieur qui est assis sur un banc et madame qui est allongée, la tête sur les genoux de son mari qui la regarde amoureusement, etc., etc., etc.

Franchement, est-ce qu'on peut faire plus cliché ? Pourquoi c'est toujours ce genre de mises en scène que les couples veulent à tout prix ? Même quand je tente de proposer des photos plus originales, des idées un peu décalées, ça ne marche pas. Il y a toujours la future mariée qui me dit : « Mais on ne pourrait pas faire des photos plus romantiques ? » Elle susurre « romantique », je pense « cucul ». Je leur propose un cadre insolite comme un café ou une gare, son mari me parle des remparts ou du parc « pour qu'il y ait de la verdure ». Je leur suggère des mises en scène avec une note d'humour, ils me répondent : « Non, ça ne correspond pas trop à notre personnalité… »

Pourtant, sur mon site Internet, je ne mets que les photos de mariage dont je suis un minimum fière. Les photos qu'on ne trouve pas ailleurs. Les invitées qui courent après le marié qui s'enfuit. Le couple en robe blanche et smoking qui fait les courses au supermarché, qui appelle un taxi, qui prend le métro, qui fait un tour de grande roue ou de grand huit. Le père de la mariée qui a les mains moites et le cœur qui bat en attendant d'amener sa fille à l'autel. Les témoins qui répètent dans un coin le discours qu'ils vont prononcer. Les invitées qui se remaquillent dans les toilettes pendant la soirée.

Mais il n'y a rien à faire, quand on m'appelle pour m'embaucher, on me demande systématiquement si je fais des photos « un peu plus, heu, traditionnelles ». On m'affirme : « C'est très beau, ce que vous faites, mais on aimerait quelque chose de plus classique... »

Le bilan, c'est que la photo de mariage, ça me gonfle. D'accord, ça paye mon loyer, mais parfois je me dis qu'être femme de ménage, ça ne serait pas plus monotone, au final. Ils veulent tous les mêmes photos, ils ne connaissent pas le mot « créativité ». À leurs yeux, je ne suis pas une artiste mais un Photomaton ambulant.

Dire que la saison démarre tout juste et que j'en ai au moins jusqu'à fin septembre. Tous mes samedis sont déjà réservés depuis des mois. Je sais que je ne devrais pas me plaindre. Ça paye plutôt bien, ça ne me demande pas beaucoup de réflexion, et je passe peu de temps à retravailler les photos vu que je suis habituée à faire toujours les mêmes. Mais qu'est-ce que je m'ennuie… Qu'est-ce que je les méprise, tous ces chéri, ces chouchou, ces mon amour, ma puce, ma colombe, mon pilou, mon roudoudou, ma princesse. Qu'est-ce que j'en ai marre, de ces oui je le veux, de ces ouvertures de bal et de ces pièces montées. J'en serais presque dégoûtée de l'amour.

Et il n'y a pas que les mariages. Il y a les enterrements de vie de jeune fille et de vie de garçon, où on m'engage pour faire un photoreportage désopilant de la future mariée entourée de ses amies les plus fidèles, du futur marié en pleine beuverie, et autres moments qu'il faut à tout prix immortaliser. Il y a les naissances, les séances photo familiales, les baptêmes, et j'en passe. Où tout le monde arbore un sourire heureux et fait étalage de son bonheur sans faille – en apparence. Où tout le monde est crispé parce qu'il faut absolument obtenir des photos réussies, des photos qui semblent spontanées alors qu'elles ne le sont pas du tout, des photos où l'instant de bonheur semble être saisi au vol alors qu'il aura fallu toute une mise en scène et une vingtaine de clichés pour en obtenir un où personne ne ferme les yeux.

J'adore la photographie. Mais pas celle-là. Pas la photo alimentaire, la photo à la chaîne où seuls les figurants changent. Ce que je veux par-dessus tout, c'est devenir photo reporter. Partir à l'aventure, loin d'ici, et immortaliser les plus grands événements, être présente lors de moments qui vont devenir historiques. Les guerres, les conflits, les manifestations, les catastrophes naturelles ou humaines. Je veux être là pour photographier l'enfant qui joue en plein champ de bataille, la mère qui pleure son mari, le soldat encore enthousiaste à l'idée de combattre. Je veux saisir l'émotion d'un visage, je veux qu'on entende les cris sur mes clichés, je veux qu'on imagine les rires et les sanglots. Je veux qu'on regarde mes photos et qu'on souffre avec l'homme à genoux devant les ruines de sa maison, qui hurle en découvrant que toute sa famille a été massacrée, je veux qu'on soit attendri par une mère qui donne le sein à son bébé sous les bombardements, qu'on soit indigné par une fillette qui tient une poupée d'une main et un fusil de l'autre.

Mon rêve, c'est ça. J'ai en permanence un appareil photo en bandoulière depuis que j'ai sept ans et que mon grand-père m'a offert mon premier boîtier en me disant qu'avec ça je serais riche. Pas riche d'argent, mais riche de souvenirs.

J'ai commencé à photographier les membres de ma famille, à essayer de saisir des moments intimes qui ne donnent pas les photos classiques qu'on trouve dans les albums rangés par année dans les placards de la maison. Mes parents ont dû avoir l'impression d'héberger un paparazzi et, s'ils ont tenté de m'empêcher de les photographier à tout bout de champ, ils ont finalement simplement réussi à attiser encore plus ma passion.

J'ai des images d'eux qu'ils n'ont jamais vues. En pleine dispute, avec ma mère qui crie, les mains levées en signe de colère, et mon père qui soupire, les sourcils froncés, attendant que l'orage passe. « Avec toi, c'est toujours la même histoire ! » Ma mère qui fume une cigarette en chemise de nuit, seule dans le jardin, le regard au loin. Mon père qui égoutte des tagliatelles en les faisant sauter allègrement dans la passoire pour me montrer sa dextérité. Mon petit frère, Nathan, qui pique une colère noire parce qu'on ne le laisse jamais gagner au Cluedo. Les larmes de rage sur son visage, les yeux fermés, la bouche crispée, les poings serrés. « C'est pas juste ! » Tous ces instants qui pour moi valent tellement plus que les traditionnelles photos de famille devant le sapin de Noël ou le gâteau d'anniversaire. Tous ces instants qui prouvent en une fraction de seconde qu'une famille, ce n'est pas un bonheur lisse et plat comme on voudrait le faire croire aux autres. Tous ces moments figés qui montrent l'émotion, la vraie. La tristesse, la colère, la joie, la surprise.

Depuis mon premier appareil photo, j'ai l'impression de regarder en permanence le monde à travers un objectif. Je cherche le cadrage parfait, la bonne lumière, les couleurs idéales. Je transforme tout en noir et blanc, parce que j'aime le contraste, le côté manichéen de ces clichés qui fait ressortir des émotions encore plus tranchées.

Toutes ces photos-là sont sur mon site Internet, dans l'onglet « Photos de vie ». Quand je ne travaille pas, je sillonne les rues à la manière d'Henri Cartier-Bresson, pour capturer un baiser, une gifle, un éclat de voix, une main tendue, un regard attristé ou suppliant, un fou rire. L'enfant qui refuse de donner la main à son père, un groupe d'adolescentes qui chuchotent entre elles devant le lycée, le mec fauché qui implore le contrôleur du bus de ne pas lui mettre d'amende, le serveur qui renverse un café sur une cliente horrifiée. Clic, clac. Je n'arrête jamais.

En attendant qu'une agence de presse me donne enfin ma chance, ou que j'aie assez d'argent et de contacts pour partir plusieurs mois à l'aventure, je me coltine les M. et Mme Heureux. Je vivote, et j'économise depuis deux ans. J'envoie des CV et des lettres partout, et j'attends mon heure.

Je me donne encore quelques mois avant de partir. En Syrie, en Irak, au Soudan, au Mali… le choix est vaste. Autour de moi, personne n'y croit, mais peu m'importe. Mon père pense que je suis bien trop attachée à mon petit confort pour oser partir, et que la photographie, ce n'est pas un métier. Ma mère se dit que mon projet est complètement fou, et elle doit prier chaque soir pour qu'il ne se réalise jamais tellement elle a peur que sa fille risque sa vie pour quelques clichés pris sur le vif.

Si j'avais plus d'argent, ça ferait bien longtemps que j'aurais fait ma valise. Je me serais offert le luxe de travailler en free lance et de vendre mes photos au plus offrant, sans qu'aucune contrainte financière ne vienne interrompre mes voyages. Je veux juste être témoin de l'histoire qui se fait, et faire partager cette immensité au monde.

La roue finit toujours par tourner et bientôt, bientôt, je vais réaliser mon rêve. Je le sais. Je suis prête à tout pour y arriver.

– Est-ce que vous pouvez embrasser votre femme tendrement sur le front, les yeux fermés, en prenant son visage entre vos mains ? Un peu plus à gauche… Voilà, c'est parfait.

2.

16 mai 2013 - 19 h 30

Chloé

Les minutes, puis les heures s'égrènent lentement. Dans l'attente. J'ai beau savoir exactement ce qui va se passer, j'appréhende l'issue de cette journée. J'ai hâte que tout soit dit, que Gabriel sache enfin, et en même temps j'ai peur, je voudrais repousser l'annonce, la découverte, je voudrais presque pouvoir revenir en arrière, me lever d'un seul coup en criant : « Pouce ! »

Il est 19 h 30. Gabriel doit être mort d'inquiétude. On a l'habitude d'échanger des textos, des mails, ou même de s'appeler plusieurs fois dans la journée. Pas pour se dire des mots d'amour, mais on a toujours des choses à se raconter, des rendez-vous à confirmer, des listes de courses à compléter, des projets pour la soirée à proposer.

En plus, hier soir, on avait parlé de se retrouver en ville pour déjeuner ensemble. Il doit donc attendre de mes nouvelles depuis ce midi. Il a dû m'envoyer cinq ou six SMS avec de plus en plus de points d'interrogation ou d'exclamation, me laisser deux ou trois messages sur mon répondeur. Il a peut-être même tenté de joindre directement le club de sport, où Élise, la réceptionniste, lui aura appris qu'on ne m'avait pas vue de la journée et que mes cours avaient dû être annulés au dernier moment, car aucun autre coach n'avait pu me remplacer au pied levé. J'imagine son soupir furieux, son intonation condescendante qui laisse transparaître toute la jalousie qu'elle éprouve vis-à-vis de moi depuis des années. *Vous vous rendez compte, on a dû dire aux clients qu'ils étaient venus pour rien, que leur cours de step n'aurait malheureusement pas lieu. Et sans qu'on puisse donner aucune explication ! Non, vraiment, ce n'est pas une attitude professionnelle… Enfin, je dis ça, peut-être que Chloé a une excuse valable, bien sûr… Alors comme ça, vous dites que vous n'avez pas de nouvelles d'elle non plus ?*

Ça lui fera les pieds, à cette garce, quand elle saura de quoi il retourne. Elle regrettera de n'avoir pas tourné sa langue sept fois dans sa bouche avant de parler, de m'avoir autant critiquée sans raison. C'est toujours ça de pris. Je n'ai jamais pu la supporter. Elle s'est comportée de façon hautaine avec moi dès son embauche, alors que je travaillais au club depuis un an déjà ! Je veux bien comprendre que ce n'est pas évident d'être réceptionniste dans un club de sport où tous les coachs ont un corps parfait. Surtout quand on est en surpoids. Et qu'on a les cheveux gras. Mais cela n'excuse en rien son mépris et ses petits coups bas, comme son habitude de changer au dernier moment mon planning, par exemple.

Dans l'équipe, je suis la seule femme. Et je ne suis pas stupide, je sais qu'on m'a avant tout recrutée parce que je suis jolie, souriante et que j'ai une silhouette de rêve. Je ne me vante pas en disant ça, je suis seulement réaliste. C'est la même chose pour les trois autres coachs, après tout. Ils sont tous séduisants et musclés. Pablo, Sébastien et Mehdi. Trois hommes jeunes, à la peau mate et aux biceps saillants sous leur tee-shirt moulant. Il faut bien donner envie aux clients de prendre un abonnement.

Au club, les clients me draguent souvent ouvertement, tandis que les clientes envient mes jambes fuselées et mon ventre plat. J'enchaîne les cours de step, de body combat, de body attack et de Pilates. Je prends des clients en rendez-vous individuels pour leur concocter un programme d'entraînement selon le but qu'ils veulent atteindre. La jeune maman qui veut perdre du poids après une grossesse, la quadra qui a décidé de raffermir son fessier, l'étudiant qui voudrait épater les filles cet été sur la plage, le cadre dynamique et surchargé de travail qui cherche à décharger son stress après des réunions au sommet… Je tâte, je mesure, je pèse. Je prépare un planning, des objectifs à atteindre semaine après semaine. Je vise l'efficacité, la rapidité, le résultat, et mes clients apprécient mon enthousiasme et ma volonté de fer. En plus de mon corps, bien sûr.

Ce travail va me manquer. Moi qui suis accro au sport, je ne sais pas comment je vais tenir sans pouvoir me défouler en nageant, en courant, en sautant ou en pédalant. C'est sans doute stupide de penser à ça, alors que ce n'est qu'un détail par rapport à tout le reste.

Ce n'est pas pour moi que ce sera le plus dur, je suppose.

20 heures. Cette journée ne va jamais s'achever. Qu'est-ce que je peux faire, à part attendre que le couperet tombe ? Qu'est-ce que je vais devenir ensuite ? Je vais m'évaporer, disparaître ? Attendre la fin ?

Je vois tout, mais je ne peux rien faire. Je suis transparente, inexistante. Et je n'en ai pas l'habitude.

Gabriel attend. Je l'observe, impuissante. Il est rentré à la maison à l'instant. Il appelle « Chloé ? » en bas de l'escalier, d'un ton à la fois inquiet et plein d'espoir. Je voudrais pouvoir lui répondre. À cet instant précis, je voudrais qu'il m'entende. Je chuchote « Je suis là… », mais rien ne brise le silence de notre demeure. Je répète plus fort « Je suis là ! », mais Gabriel ne réagit pas. Ma voix résonne dans le vide, comme désarticulée. J'avance la main pour caresser son visage. Il ne sent rien, évidemment. Il monte l'escalier, entre dans notre chambre ; rien n'a bougé depuis ce matin. Il s'assoit sur le lit, désorienté. Sort son Nokia et appuie à nouveau sur la touche « Appeler », le même numéro qu'il compose régulièrement depuis ce matin. Il attend. « Vous êtes bien sur le rép… » Il raccroche et jette le téléphone à travers la pièce. La coque noire se brise contre le mur. Il se passe la main sur le visage, prend une grande inspiration et va ramasser les morceaux par terre. Il réassemble le tout et sort de la pièce d'un air désemparé.

Le lit garde l'empreinte de là où il s'est assis quelques minutes.

Gabriel

À 20 heures, quand Gabriel rentre du travail et découvre la maison vide, il comprend enfin que quelque chose cloche. Jusqu'à présent, il avait réussi à chasser de son esprit le soupçon d'inquiétude qui tentait de s'immiscer. Mais à présent, c'est une vague d'anxiété qui inonde son cerveau, sans qu'il cherche encore à lutter.

Que Chloé oublie leur déjeuner, ce n'est pas quelque chose d'étonnant. Qu'elle ne réponde pas au téléphone et ne le rappelle pas pendant sa journée de travail, cela n'a rien d'inquiétant. Le plus souvent, elle dépose son téléphone dans son casier au club et n'a le temps d'y jeter un coup d'œil qu'entre deux cours. S'ils sont souvent en contact la journée, c'est surtout par textos. Ou par mail, quand elle a des horaires décalés et qu'elle traîne à la maison pendant que lui est à la banque.

En revanche, qu'elle ne soit pas venue le chercher à 19 h 30 à la banque alors qu'ils sont invités à dîner chez ses parents pour 20 heures, ce n'est pas normal. Qu'elle ne soit pas non plus à la maison, à choisir quelle robe elle va mettre, est plus qu'étrange. Qu'il ne parvienne toujours pas à la joindre sur son téléphone portable et qu'elle ne le rappelle pas malgré ses messages de plus en plus anxieux est forcément la preuve qu'il est arrivé quelque chose. Si Chloé se moque souvent de l'instinct un peu trop protecteur de Gabriel, elle est toujours attentive à le rassurer, elle cherche toujours à éviter de l'inquiéter inutilement. Elle aurait dû le rappeler, lui répondre en soupirant et en levant les yeux au ciel : *Mais pourquoi tu penses toujours au pire ? Je n'avais pas remarqué que mon téléphone était resté en silencieux, voilà tout ! En plus, Élise m'a encore collé un planning avec des micro pauses qui m'ont à peine laissé le temps de prendre une douche entre deux cours, alors je ne risquais pas d'envoyer des messages aujourd'hui... ! À ce soir, d'accord ?*

Assis sur le lit conjugal, il écoute une énième fois le répondeur de Chloé se mettre en route et, de colère, lance son téléphone contre le mur. Il regrette immédiatement son geste en voyant la petite marque qu'a laissée l'impact sur le pan de mur couleur taupe que Chloé a repeint il y a quelques mois à peine. Il se dit qu'il ira chercher le restant du pot de peinture dans le garage et qu'il arrangera ça avant qu'elle s'en aperçoive.

Il ramasse son téléphone et redescend au salon. Il compose le numéro du club de sport, mais à 20 heures passées personne ne répond. Il aurait dû s'y prendre avant, s'inquiéter un peu plus tôt. Est-ce qu'elle aurait pu aller boire un verre avec ses collègues ? Non, elle se souvenait du dîner de ce soir, ils en avaient encore parlé la veille avant de se coucher, lorsqu'elle avait rappelé à Gabriel d'aller chercher un bouquet de fleurs, ou une plante verte, pour sa mère. Quand il est monté dans la chambre, il a même vu sa robe jaune pâle suspendue à la porte du dressing.

À 20 h 30, il décide d'aller à la crique. Peut-être que Chloé est allée nager ce soir au lieu de ce matin, peut-être qu'il a mal compris, peut-être que le dîner chez ses parents a lieu demain soir, peut-être que... Les pensées s'enchaînent, irrationnelles et décousues, mais Gabriel ne parvient plus à réfléchir ; l'angoisse le submerge.

Chloé sera à la crique, il en est sûr. Au moment où il arrivera, elle sera en train de se sécher dans sa grande serviette turquoise aux motifs d'hibiscus et elle le regardera d'un air étonné. *Qu'est-ce que tu fais là ? Ça ne va pas, chéri ? Tu fais une drôle de tête...* Il la serrera dans ses bras et elle ne comprendra pas pourquoi il semble si soulagé.

Elle est forcément à la crique. S'il y a un endroit au monde où Chloé peut se trouver, c'est bien là. Dans ce petit espace de sable paisible qu'ils ont découvert peu après avoir emménagé à Saint-Malo, au cours d'une de leurs longues promenades. Ils s'étaient garés le long d'une route départementale à la sortie de la ville et avaient commencé à marcher, tout en parlant des travaux qu'il faudrait faire dans la maison. Chloé avait alors remarqué un minuscule sentier qui semblait descendre à la mer et avait insisté pour qu'ils l'empruntent tous les deux. Gabriel avait tenté d'esquiver l'aventure dans les broussailles et les orties, mais il savait qu'avec sa femme, c'était peine perdue : quand elle avait une idée en tête, il fallait soit la suivre, soit la regarder s'éloigner. Après une dizaine de minutes de descente et un pantalon abîmé par des épines vengeresses, ils avaient découvert un espace minuscule, une bande de sable de quelques mètres carrés à peine, avec la mer qui venait presque leur lécher les pieds. Ils s'étaient assis là et avaient contemplé le spectacle des vagues qui allaient et venaient avec une régularité reposante. Chloé s'était tournée vers lui et avait murmuré avec un air malicieux :

– Tu vois que ça valait le coup de sacrifier un pantalon !

Le sourire aux lèvres, il avait passé son bras autour des épaules de sa femme et elle avait posé la tête contre son torse.

– On est bien, là… avait-elle murmuré doucement.

Il avait acquiescé sans dire un mot, se contentant d'apprécier ce moment de plénitude.

Et depuis ce jour-là, ils étaient revenus encore et encore dans ce lieu paisible dissimulé aux yeux de tous, profiter du calme et de la solitude du lieu. Chloé allait dans cette crique pour nager dans la mer, elle laissait sa serviette et ses effets personnels sur un rocher au bord de l'eau sans craindre qu'un promeneur les lui vole pendant qu'elle faisait des longueurs.

C'était *leur* endroit.

Gabriel attrape ses clés de voiture qui sont restées sur le meuble dans l'entrée et s'apprête à sortir lorsque son téléphone sonne. Numéro inconnu. Chloé ?

Le cœur battant, il décroche.

Emma

J'essaye de m'asseoir sur ma valise en prenant de l'élan pour parvenir à enfin fermer cette saleté de fermeture Éclair. Je pourrais presque entendre ma mère crier : *Sois un peu plus délicate, Emma, ça ne sert à rien de forcer, tu as mis trop d'affaires dedans, il faut en enlever si tu veux réussir à la fermer !* Je souris tout en appuyant de toutes mes forces sur le couvercle. Ça y est, c'est bouclé. Mon regard tombe alors sur le trépied de mon reflex, qui n'a rien à faire par terre au milieu de mon salon, puisqu'il devrait être tout au fond de ma valise rouge. La valise que je viens de réussir à fermer après tant d'efforts que j'ai dû perdre au moins deux kilos au passage.

Je soupire.

Tant pis, je prendrai le trépied à part, dans un second sac. En plus, ça me permettra d'emporter d'autres choses indispensables auxquelles je n'ai pas encore pensé.

Je pars pour Saint-Malo demain, j'ai trouvé un studio à louer pour quelque temps. En plus des week-ends mariages et baptêmes en perspective, j'ai été embauchée par l'Office de tourisme qui souhaite refaire entièrement son site Internet et disposer pour cela d'une banque de photos récentes de la ville et de ses environs. Je compte bien proposer aussi mes services aux festivals de musique ou de théâtre qui ont lieu dans le coin cet été, histoire d'enrichir mon propre site.

Cette saison sera décisive pour moi. Dans un peu plus de six mois, je serai fixée sur mon avenir. Est-ce que j'aurai assez d'argent pour partir à l'étranger vivre mon rêve, est-ce que je plaquerai tout pour enfin oser faire ce dont j'ai envie depuis toujours ? Ou est-ce que je resterai à vivoter de photos de mariage, jusqu'à en devenir aigrie et d'un cynisme qui fera fuir tout le monde ? Six mois, c'est ma *deadline*.

J'ai envie d'appeler ma mère avant d'aller me poser au lit avec un livre, mais finalement je préfère m'abstenir. J'ai besoin d'entendre des encouragements, et j'ai peur qu'elle me répète encore qu'elle ne voit pas du tout pourquoi j'ai besoin d'aller m'exiler plusieurs mois en Bretagne, que ce n'est pas ça qui m'aidera à me stabiliser professionnellement et financièrement, qu'il serait plutôt temps que je songe à rencontrer un garçon sympa, qu'elle aimerait bien avoir des petits-enfants d'ici quelques années, qu'en plus elle a demandé à mon père de ne pas démonter la balançoire au fond du jardin en prévision, etc. Ma mère est très forte pour m'inventer une vie, un futur parfait qui ne tient absolument pas compte de mes envies et de mes objectifs.

Elle ne comprend pas que si je ne réalise pas mon rêve, si j'abandonne avant même d'avoir tenté quoi que ce soit, je n'aurai plus de raison de me lever chaque matin. Je ne suis pas faite pour être comme elle enfermée à longueur de journée dans un bureau, à accomplir les mêmes tâches répétitives et vides de sens, à aller dans des réunions où le seul but est de se réunir, à accepter un train-train ennuyeux simplement parce qu'il me permet de payer les factures. Ce n'est pas moi, ça. Je peux accepter de faire des photos bidon pendant encore quelque temps, mais uniquement parce que je sais que ce n'est que temporaire…

Je pose mon trépied sur la valise en soupirant. Je me suis fait une promesse, celle de tout faire pour y arriver un jour. Je ne suis pas une photographe, je suis une artiste. Rien ne m'arrêtera. Ni mon père, ni ma mère, et encore moins un quelconque « garçon sympa ».

Je crois qu'il vaut mieux que j'aille me faire couler un bon bain, ça me fera du bien après avoir passé une bonne partie de la journée à empaqueter mes affaires. En plus, ce sera probablement le dernier avant longtemps, vu que dans le studio malouin je n'aurai qu'une petite douche à ma disposition.

Je prends la route tôt demain matin, même si je n'ai que quelques heures de voiture à faire. J'ai rendez-vous dans l'après-midi avec la chargée de communication de l'Office de tourisme, pour qu'elle m'explique en détail le volume et le type de photos dont elle a besoin. Et ensuite, une semaine chargée m'attend.

3.

16 mai 2013 - 20 h 30

Chloé

Quand je vois la table de métal et la forme recouverte d'un drap blanc, je ne peux m'empêcher de frissonner. Même si je sais qu'en dessous c'est moi, j'ai malgré tout l'impression d'être dans un mauvais film policier, le genre qui est diffusé l'après-midi en semaine sur TF1 ou M6.

Voir tout cela de l'extérieur, c'est une impression étrange. Je suis spectatrice de moi-même, du moi inerte. Du moi *mort*, puisqu'il faut bien dire enfin les choses.

Le silence m'entoure, si épais qu'il en devient insupportable.

Gabriel reçoit un appel à 20 h 34. Quand il entend son téléphone sonner, il doit immédiatement penser que c'est moi qui le rappelle.

Enfin, après toutes ces heures d'attente et d'inquiétude ! Peut-être même qu'il s'apprête à m'invectiver, à jeter ses reproches mi-angoissés mi-soulagés sans attendre que le son de ma voix résonne.

Mais à l'autre bout du fil, ce n'est pas moi.

C'est un policier, un médecin ou un pompier. Peu importe.

À quoi bon épiloguer. On lui annonce qu'on vient de retrouver sa femme, qu'on est sincèrement désolé d'être porteur d'une aussi mauvaise nouvelle, qu'on n'a rien pu faire, qu'elle était déjà morte depuis plusieurs heures au moment où un malheureux pêcheur l'a remontée dans ses filets.

Ce pauvre homme avait senti qu'il y avait quelque chose d'inhabituel lorsqu'il avait mis en marche le treuil pour relever son trémail du fond de l'eau. Une sorte de résistance. Il avait préféré arrêter l'engin électrique et remonter lui-même le filet à la main ; il en avait déjà cassé un une semaine auparavant, et il ne pouvait pas se permettre de renouveler son matériel encore une fois, d'autant plus que le moteur du treuil commençait à montrer des signes de fatigue.

L'effort lui avait demandé plusieurs minutes de lutte, et, le souffle court, le pêcheur avait fini par apercevoir la forme qu'il avait capturée. Ce n'était pas un poisson. C'était un corps, le corps d'une jeune femme en maillot de bain une pièce noir. Il avait failli tout lâcher tellement il ne s'attendait pas à une aussi macabre découverte. Mais il avait remonté Chloé tant bien que mal et avait réussi à la faire passer maladroitement par-dessus bord. Il l'avait allongée, avait écouté en rapprochant son oreille de sa bouche, avait tenté de prendre son pouls. Mais, bien évidemment, il n'y avait aucun signe de vie. Il avait malgré tout essayé le bouche-à-bouche et le massage cardiaque ; cherchant au plus profond de sa mémoire les vagues souvenirs d'une formation qu'il avait suivie des années auparavant à la Croix-Rouge. Rien. Tout en redémarrant son moteur pour regagner à toute vitesse le rivage, il avait alors appelé, en panique, les pompiers. Avait décrit avec ses mots à lui le corps inerte et figé, la peau pâle et les lèvres violettes.

Le temps qu'il parvienne au port, le camion rouge reconnaissable entre tous était déjà présent, accompagné d'une fourgonnette de police. Une fois sortis de leur véhicule et arrivés à proximité du petit bateau de pêche, les pompiers avaient échangé un regard éloquent. Ils avaient alors rapidement emporté Chloé, sous les yeux décontenancés du pêcheur. Ils avaient chargé son corps sur un brancard, le dissimulant dans une grande housse zippée, et le conducteur avait arrêté la sirène du camion. Le silence avait envahi l'embarcadère. Le pêcheur avait retiré son bonnet bleu marine, le triturant entre ses mains tout en murmurant plusieurs fois : « Ben ça alors… ben ça alors… »

Un des pompiers lui avait tapé sur l'épaule d'un air désolé, en lui disant qu'il avait fait ce qu'il fallait faire, qu'il n'aurait pas pu la sauver, qu'elle était déjà morte depuis un bon moment avant qu'il la remonte à bord de son bateau. Le pêcheur hochait la tête, soulagé, déculpabilisé.

Le camion était reparti silencieusement avec mon cadavre à bord.

Direction la morgue.

Gabriel lâche son téléphone, et la coque noire se brise à nouveau en deux en heurtant le sol carrelé de l'entrée. Il se laisse glisser par terre, dos au mur, jusqu'à se retrouver assis, les genoux contre la poitrine. Le regard tétanisé. Un lapin pris dans les phares d'une voiture.

J'ai envie de hurler, j'ai envie de fermer les yeux et d'être aveugle. De ne plus voir cette souffrance sans nom qui vient de surgir dans son regard fixe. Je voudrais le secouer, le prendre dans mes bras, lui dire que tout va bien se passer, que bientôt toute cette horreur sera derrière lui, derrière nous. J'ai envie de lui dire que je vais bien, puisque dans un sens je vais bien… Je le vois, même si je ne peux pas le toucher. Je l'entends, même si je ne peux plus lui parler.

Je murmure « Allez, Gabriel… », mais aucun son ne vient troubler le silence glacé qui s'est subitement installé.

Au bout de quelques minutes, mon mari finit par se relever, hagard. Il défait le premier bouton de sa chemise pour respirer un peu mieux et se passe la main dans les cheveux. Lentement, il se dirige vers l'escalier et monte les marches sans entrain. Il longe le couloir jusqu'à la salle de bains et je l'entends fouiller dans le placard où tous mes produits de beauté sont méticuleusement rangés. La crème hydratante du matin, le *roll-on* anticernes, le fond de teint en poudre, le fard à paupières gris anthracite, le khôl noir, la lotion tonifiante du soir. Les dizaines d'élastiques pour mes cheveux que j'attache quasiment toujours en queue-de-cheval – c'est plus pratique pour le sport.

Il ressort avec ma brosse à cheveux et s'appuie sur la rambarde de l'escalier. J'ai l'impression qu'il va s'évanouir ; il serre tellement fort la balustrade en chêne foncé que les articulations de sa main deviennent blanches. Il prend une profonde inspiration, redescend dans l'entrée, ramasse pour la deuxième fois de la soirée son téléphone, vérifie que ses clés de voiture sont dans sa poche de pantalon, et sort dans le jour qui commence à doucement décliner.

La porte d'entrée se referme sans un bruit et je reste seule.

Gabriel

Gabriel arrive devant la morgue à 21 h 30. Il a pris son temps en voiture, il n'y avait rien de pressé, de toute façon. Personne à sauver.

Il se gare sur le petit parking, coupe le contact de son véhicule et reste là, à attendre. Il voudrait entrer dans le bâtiment, passer toutes les formalités d'usage qu'il ne connaît pas encore et s'exclamer « Ce n'est pas ma femme ! » au moment où le médecin légiste soulèvera le drap qui recouvre le cadavre. Et en même temps, il voudrait s'enfuir, partir pied au plancher, loin, très loin d'ici, jusqu'à ce que cette soirée ne semble plus qu'un vague cauchemar complètement irréel.

C'est un policier qui finit par ouvrir la porte de la morgue et se diriger vers la voiture de Gabriel. Il est jeune, probablement pas plus de vingt-deux ou vingt-trois ans, et on voit qu'il est mal à l'aise. Aujourd'hui, il aurait sans doute préféré être affecté au stationnement ; finalement, monter en grade, ça n'a pas que du bon. Et à cette heure-ci, il pourrait être confortablement assis dans le canapé de son petit studio, à boire une bière avec sa bande d'amis devant le match de rugby. Malheureusement, la soirée est loin d'être finie pour lui. Quand Gabriel sera reparti – et il n'est même pas encore entré –, il lui faudra encore rédiger tout le rapport administratif, pour qu'il soit sur le bureau de son chef demain matin à la première heure.

Gabriel facilite la tâche du jeune flic en sortant de sa voiture. Il avance vers lui, la mine sombre.

– Bonsoir… Je suis, heu… je suis Gabriel Hamon. J'ai reçu un appel, tout à l'heure, pour, heu… ma femme. Chloé Hamon.

Le policier murmure :

– Oui, bien sûr, le médecin vous attend, je vais vous accompagner…

Il devrait préparer Gabriel à ce qu'il va voir, à la manière dont les choses vont s'enchaîner à l'intérieur, aux questions abruptes que le légiste va lui poser. Mais la vérité, c'est que tout cela, c'est nouveau pour lui aussi, et il n'en mène pas large. C'est la première fois qu'il est affecté à une vraie enquête et, pour être tout à fait honnête, il n'est qu'en stage d'observation… Alors il se tait et se contente de guider Gabriel en silence dans les couloirs peu éclairés de la morgue. Arrivé au sous-sol, il s'efface et le laisse passer devant lui, lui indiquant d'un geste de la main la pièce où il est attendu par le médecin.

Gabriel entre d'un pas incertain, et le légiste relève la tête. Il lui débite rapidement le discours qu'il est habitué à faire en de telles circonstances, qui n'ont rien d'exceptionnel pour lui. Ce qui change, ce sont les personnes, pas le résultat final. Il fait ce métier depuis plus de trente ans maintenant, alors il en a vu passer, sur sa table d'autopsie. Il n'y a pas d'affect dans ce qu'il fait, et, pour lui, la rencontre – souvent obligatoire – avec la famille des victimes n'est qu'un mauvais moment à passer. Il ne sait pas être empathique, il n'a jamais su l'être, et ce n'est pas maintenant, après tout ce qu'il a vu au cours de sa carrière, qu'il va le devenir.

On attend de Gabriel qu'il identifie le corps, tout d'abord. Devant la détresse de son regard, le légiste s'adoucit un peu et daigne lui donner quelques explications.

On lui a amené le corps en tout début d'après-midi. Au vu de la rigidité cadavérique, il estime que le décès était très récent, entre trois et douze heures au maximum, car le cadavre était encore souple au niveau des jambes. L'homme bedonnant se racle la gorge et s'interrompt quelques secondes ; il se souvient que ce n'est pas le genre de détails qui intéresse les proches.

Il poursuit. La mort remonte donc aux environs de 9 ou 10 heures du matin. Peut-être un peu plus tôt. Le corps n'est pas abîmé, il n'est resté que quelques heures au fond de l'eau ; mais heureusement qu'un pêcheur l'a remonté par le plus grand des hasards, car il n'est pas rare de ne jamais retrouver les victimes de noyade, ou alors des semaines, voire des mois après la disparition.

En réalité, le légiste n'a pas encore procédé à l'autopsie du corps, la priorité étant de l'identifier. Cela s'était avéré quelque peu compliqué puisque, bien évidemment, la jeune femme n'avait aucun papier sur elle, et qu'aucun avis de recherche ou de disparition n'était encore à signaler. Ce qui avait finalement permis aux enquêteurs de remonter jusqu'à Gabriel, c'était la gourmette que la victime portait au poignet. Un prénom au recto, « Chloé ». Une date au verso, « 16.08.1983 ». Avec ces éléments, il n'avait pas fallu longtemps à la police pour retrouver une jeune femme du nom de Chloé Hamon, née Vasseur, domiciliée à Saint-Malo depuis trois ans.

Gabriel vacille. S'ils ont trouvé cette gourmette, il n'y a plus de place pour une possible erreur. Le légiste lui montre le fin bracelet en or blanc dans un sachet en plastique transparent. C'est bien celui de Chloé, celui qu'il lui a toujours connu autour du poignet gauche. À travers la pochette scellée, Gabriel caresse doucement du pouce le prénom gravé en italique.

– Compte tenu de la présence de cette gourmette, vous pouvez bien sûr vous contenter d'identifier le bijou et de nous donner de quoi comparer l'ADN de votre femme avec celui de la victime… Je ne suis absolument pas obligé de soulever ce drap, nous disposons de suffisamment d'éléments. Vous avez pensé à prendre une brosse à cheveux ou un vêtement de votre femme ?

Gabriel sort la brosse de Chloé du sachet en plastique qu'il triture depuis qu'il est entré dans la morgue et la tend au légiste. Ce dernier le remercie d'un hochement de tête.

– Dès que les analyses seront revenues du laboratoire, je vous téléphonerai pour vous dire ce qu'il en est, d'accord ?

Le médecin fait quelques pas vers la porte, indiquant à Gabriel qu'il peut rentrer chez lui.

– Je veux la voir.

La voix de Gabriel, pourtant mal assurée, fait sursauter le légiste, qui se retourne d'un air surpris. Généralement, les proches sont soulagés de ne pas avoir à contempler le corps sans vie de quelqu'un qu'ils aiment.

– Vous en êtes certain ?

Gabriel acquiesce. Tant qu'il n'aura pas vu Chloé de ses propres yeux, il ne pourra pas se dire qu'elle ne reviendra plus. Il aura toujours un espoir, même absurde.

Le légiste soupire et s'avance vers la table en métal. Il jette un dernier regard à Gabriel, qui hoche imperceptiblement la tête. Il saisit alors le bord du drap et le descend juste assez pour que la tête de la noyée apparaisse.

Devant le visage bleuâtre et les lèvres mauves, Gabriel reste stoïque.

– C'est bien elle. C'est ma femme, murmure-t-il avant de détourner le regard rapidement.

D'un geste, le légiste remonte le drap et tente de prendre un air attristé.

Sans un mot, Gabriel quitte la pièce à la lumière artificielle, remonte l'escalier qui le conduit au rez-de-chaussée du bâtiment et ouvre la porte d'entrée à la volée. Une fois dehors, il prend une longue goulée d'air frais.

La nuit est tombée sur Saint-Malo.

Emma

La peau de mes doigts est toute ridée lorsque je sors enfin de mon bain brûlant. J'ouvre la fenêtre oscillobattante de la salle de bains pour que la buée sur le miroir disparaisse. Je me sèche rapidement, enroule une serviette autour de ma poitrine et contemple mon reflet dans la glace.

De l'index, je frotte les dernières traces qui restent du masque à l'argile verte que j'ai appliqué et rincé à l'aveugle dans mon bain, après trente bonnes minutes de pose.

Je scrute mon visage. Ma peau diaphane que je ne cherche même plus à faire bronzer l'été – c'est peine perdue, j'ai suffisamment essayé pendant l'adolescence en m'enduisant de monoï ou d'un autre activateur de bronzage. Un nez un peu trop droit, que je n'aime pas de profil – j'essaye toujours d'être de face ou de trois quarts sur les photos. Une bouche fine, que je ne mets pas particulièrement en valeur – je déteste le rouge à lèvres. Des cheveux auburn – la couleur du moment. Courts : j'ai opté pour une coupe à la garçonne le jour où j'ai vu à quoi pouvait ressembler Emma Watson sans la tignasse qu'on lui connaît dans *Harry Potter*. Elle me donne l'air un peu androgyne, mais cet effet est contrebalancé par ma façon de m'habiller et mes formes tout à fait féminines : poitrine menue, mais hanches larges.

Deux grands yeux bleus ; mon « atout charme », comme dirait la vendeuse de la boutique Yves Rocher. « Il faut ab-so-lu-ment les mettre en valeur, mademoiselle ! » Les fards à paupières, le mascara et l'eye-liner sont tout au fond de mon tiroir, encore dans leur emballage hermétique. J'ai voulu lui faire plaisir, elle avait tellement l'air de croire à son propre baratin.

Comme si j'avais le temps de me maquiller. Comme si je *savais* me maquiller… !

Je sais comment faire disparaître les boutons, les points noirs, les cernes, tous les petits défauts de peau. Je sais sublimer l'éclat du regard, magnifier les couleurs naturelles de l'iris de l'œil. Je peux blanchir les dents, estomper les rides naissantes, supprimer les cheveux blancs.

Et livrer des portraits parfaits, qui flirtent avec la réalité.

Mais étaler du fard ou tracer un trait d'eye-liner sur une vraie paupière, ce n'est pas dans mes cordes.

Je suis adepte du « maquillage *nude* », comme on dit aujourd'hui. Juste, sans maquillage.

J'ouvre le réfrigérateur et le referme aussitôt. Il est désespérément vide, forcément. Je me rabats sur un paquet de biscuits à moitié entamé et allume la bouilloire pour me préparer un thé vert. Avant d'éteindre mon ordinateur et de le ranger dans la sacoche noire, je vérifie une dernière fois mes mails.

J'ai un message d'une certaine Édith Adelstein. Je clique sur le mail pour l'ouvrir.

Mademoiselle,

Tout d'abord, permettez-moi de vous remercier de nous avoir écrit via le formulaire de contact de notre site Internet. En tant que coordinatrice de l'antenne d'Ille-et-Vilaine de l'association Traverser Le Deuil, j'ai étudié attentivement votre proposition de bénévolat et serais très intéressée par votre projet, qui, je pense, pourrait être d'une grande aide pour les personnes endeuillées qui participent aux groupes de parole organisés par notre association.

Votre idée de concevoir avec chaque endeuillé un livre photo de la personne décédée témoignant de la relation qui les liait m'a séduite, car je crois que ce serait l'outil idéal pour un travail dans et en dehors de groupes de parole, l'opportunité de constituer un cheminement qui se matérialiserait au final par un objet concret : un album souvenir.

Il faudrait pour cela que vous soyez entièrement partie prenante des groupes de parole, afin de pouvoir comprendre les attentes des endeuillés et les aider, à votre façon et via la photographie, à vivre l'épreuve douloureuse que constitue un deuil.

N'hésitez pas à me contacter lorsque vous serez installée à Saint-Malo et disponible pour une rencontre.

Bien à vous,

Édith Adelstein

J'ai contacté cette association il y a une semaine à peine, et je ne pensais pas avoir une réponse aussi rapide et aussi enthousiaste. Il faut croire que les bénévoles se font rares. Je marque le message d'un petit drapeau pour ne pas oublier d'y répondre une fois à Saint-Malo. J'ai bien l'intention de rencontrer cette dame dès que possible et de m'impliquer dans son association du mieux que je le pourrai.

Je n'ai peut-être encore jamais eu à vivre la perte d'un proche, mais si la photographie m'a appris une chose, c'est bien l'importance du souvenir… Et si je peux mettre ma passion et le talent que je pense avoir au service de personnes qui en ont besoin à un moment de leur vie, je compte bien le faire.

Je vais me mettre au lit, pensive. Le grand départ, c'est dans quelques heures, à présent. Dehors, la nuit est noire. C'est toujours le soir que mon cerveau s'agite et rumine.

Est-ce que je fais bien de partir ? Est-ce que je ne risque pas de regretter de m'être embarquée là-dedans ? Est-ce que ce n'est pas un pari perdu d'avance, est-ce que j'ai vraiment mes chances ?

Je tape mon oreiller pour le regonfler.

« Emma Lenglet, photojournaliste pour l'AFP. »

Un jour, il y aura cette légende sous les plus grands clichés.

4.

21 mai 2013

Chloé

Il n'est pas donné à tout le monde d'assister à son propre enterrement. De voir son cercueil descendre dans la tombe, d'observer les larmes qui coulent le long des visages défaits, d'écouter les discours que nos proches ont préparés et lisent à présent la voix chevrotante.

Certains semblent moins affectés que je l'aurais imaginé. Ma sœur aînée, Oriane, est venue de Rennes avec son mari ; elle a probablement dû laisser ses trois marmots à sa belle-mère. Quoique, je n'ai plus vraiment la notion des jours, il me semble bien qu'on est mardi, donc ils sont certainement à l'école, en fait. Et le petit dernier chez la nourrice. Je n'aurai pas trop bousculé son emploi du temps de ministre. Ma sœur porte une robe noire, avec une veste gris anthracite. Elle a toujours froid. Elle ne pleure pas, et j'ai beau scruter son visage, je ne vois aucune trace d'une larme qui aurait séché sur ses joues, aucune paupière gonflée. Je n'entends aucun reniflement discret, je n'aperçois aucun mouchoir serré dans sa main. Elle reste digne dans la douleur, je suppose.

Ou alors, il n'y a pas de douleur. C'est difficile de savoir, je n'ai jamais pu la cerner, j'ai toujours eu le sentiment que ma sœur était une étrangère. On se ressemble si peu, nos caractères sont tellement à l'opposé… Elle n'a que deux ans de plus que moi, mais on dirait que quinze ans nous séparent, tellement elle est vieux jeu. Elle a tout ce dont elle a toujours rêvé : un mari fidèle qui lui obéit au doigt et à l'œil sans jamais moufter, trois enfants sages comme des images qui ne connaissent même pas le mot « non », un travail ordinaire dans un bureau ordinaire avec des collègues ordinaires, et une maison à la campagne avec un grand jardin parce que « pour les enfants, c'est quand même appréciable de jouer dehors ». Il manque juste un labrador beige pour parfaire le tableau.

Je crois que, même enfants, on n'a jamais été proches. Elle faisait des coloriages, appliquée pour ne surtout pas déborder, quand je m'amusais à grimper aux arbres et que je m'écorchais les genoux sans y prêter attention. Au lycée, elle faisait ses dissertations le samedi soir pendant que j'allais à des soirées et découvrais les tequilas paf et les vodkas orange. Je crois qu'elle s'est toujours dit qu'un jour je la rattraperais en maturité, et qu'à ce moment-là on se comprendrait et s'entendrait enfin. Quand j'aurais un labrador, et tout ce qui va avec.

Heureusement ou malheureusement, ce moment n'arrivera jamais. À défaut de pleurer sur mon pauvre sort, elle pourrait au moins pleurer sur ce regret-là.

Mon père et ma mère, à gauche d'Oriane. Incroyable, pour une fois ils ne se disputent pas. Ils ont réussi à mettre leurs anciennes rancœurs en sourdine le temps de l'enterrement, je suppose. Avant de repartir chacun de leur côté. Ma mère se dira que décidément mon père vieillit vraiment mal, qu'il a bien dû prendre dix kilos depuis la dernière fois qu'elle l'a vu, et perdre la moitié de ses cheveux. *Aucun regret à avoir*. Et mon père secouera la tête, soulagé de ne plus avoir à subir le regard méprisant de celle qui a pourtant partagé sa vie pendant vingt-deux ans.

Pour le moment, mon père soutient ma mère qui pleure sans aucune discrétion, puisqu'il est bien connu qu'il n'y a aucune douleur pire que celle de perdre son enfant. J'ai de la peine pour papa parce que je sais que, s'il ne montre pas son chagrin, il souffre bien plus de ma disparition que maman. C'est sans doute à lui que je manquerai le plus. Bien sûr, depuis que j'ai quitté la région parisienne, on a perdu les petites habitudes qu'on avait. Aller jouer au tennis le dimanche, partir faire une brocante dans sa vieille guimbarde à 7 heures du matin, parce que « c'est à cette heure-là que se font les meilleures affaires, ma puce ! ». Mais il vient régulièrement en Bretagne, passer deux, trois jours à la maison, parfois même une semaine. Ce n'est pas le trajet depuis Nanterre qui l'effraie, il a toujours aimé conduire. Je sais que tous ces petits moments qu'on partageait rien qu'à deux et qui faisaient de notre relation père-fille un lien si puissant lui manqueront autant qu'à moi.

Pardon, papa.

Je parcours du regard le reste de l'assemblée. Nos amis communs, à Gabriel et à moi. Mes grands-parents maternels. Ma tante, qui se mouche à un rythme régulier. Les parents de Gabriel, venus pour soutenir leur fils. Sa mère jette des coups d'œil inquiets à mon mari ; elle semble craindre qu'il s'effondre brusquement et que personne ne soit là pour le rattraper. Son père, du haut de son mètre quatre-vingt-dix, regarde droit devant lui, comme si les cyprès bordant le cimetière étaient le véritable centre d'intérêt du jour.

Ma cousine et son petit ami du moment, qui semblent se demander quelle attitude adopter. Mes collègues : Pablo, Mehdi et Sébastien, des triplés dans leurs costumes noirs semblables. Élise, celle-là, je m'en serais passée. Elle a au moins la décence de ne pas jouer la comédie et de se contenter de fixer ses escarpins vernis. Ma copine Florence, que je n'ai pas vue depuis le lycée. Grégoire et Laurent, les frères de Gabriel, qui aujourd'hui font l'effort de ne pas avoir les yeux rivés sur l'écran de leur téléphone. Mes anciens colocataires, Arthur et Guillaume, avec qui j'ai habité pendant mes années d'études. On a gardé le contact plus facilement puisque l'on travaille dans le même milieu, même si des centaines de kilomètres nous séparent depuis que j'habite à Saint-Malo.

Une quarantaine de personnes en tout, dans ce petit cimetière à l'écart de la ville. À côté de ma future tombe, un immense sapin vert sombre s'élance vers le ciel. J'esquisse un sourire ; au moins, ils m'ont choisi une place à l'ombre.

Et puis, bien sûr, il y a Gabriel. Aux premières loges, devant le trou béant. Il fixe le cercueil d'un air hagard. Je vois qu'il n'a pas dû dormir depuis des jours, ses yeux sont mangés par des cernes violets et sa barbe a poussé sans qu'il prenne la peine de se raser. Il porte un costume noir qu'il met habituellement pour aller travailler, avec une de ses éternelles chemises blanches. Il est tellement beau que j'en ai les larmes aux yeux. Je voudrais pouvoir caresser sa joue, je parviens presque à imaginer la sensation de sa barbe naissante sur la paume de ma main.

Gabriel…

Il se racle la gorge, et le silence se fait. Dans l'assemblée, les murmures cessent. On n'entend plus que quelques nez qui reniflent le plus discrètement possible. Il ne regarde personne, et quand il commence à parler, je sais que c'est à moi qu'il s'adresse, à moi seule. Il n'a rien écrit, et je suis incapable de dire s'il a appris son discours par cœur ou s'il improvise.

« Chloé. Je ne serai pas long, je sais que tu détestais les grands discours. Et là où tu es, tu as sans doute bien mieux à faire qu'écouter mon monologue. J'espère que tu te trouves dans le vent qui souffle, dans les feuilles qui bruissent, dans les vagues qui vont et viennent. J'espère que tu es libre, quelque part. Affranchie de toutes les contraintes physiques. Que tu peux voler et être partout à la fois.

« Je n'ai pas envie de raconter des souvenirs de toi, je n'ai pas envie de dire à quel point je t'aime, à quel point tu vas me manquer. Je n'ai pas envie de dire que la vie est injuste de m'avoir déjà repris ma moitié.

« Tout ça, tu le sais. Et tu lèverais les yeux au ciel si je devenais sentimental et grandiloquent.

« Si je me laissais aller, si je m'apitoyais sur ton sort et sur le mien.

« Je vais survivre, Chloé. Parce que je sais que s'il en allait autrement, ta déception serait bien plus grande que le chagrin que je ressens aujourd'hui. »

Je hoche la tête. Gabriel me connaît si bien, il a su trouver les mots justes sans faire un discours larmoyant. Il recule d'un pas. Le cercueil va être descendu dans le trou en béton.

J'aperçois du coin de l'œil une silhouette sombre se rapprocher. Quelqu'un marche rapidement, se retenant sans doute de courir pour ne pas être remarqué des proches qui se recueillent silencieusement après les paroles de Gabriel. Malgré tout, la respiration essoufflée du nouvel arrivant détonne, et dans l'assemblée les têtes se relèvent, curieuses.

Simon vient de faire son entrée, l'air embarrassé et le souffle court.

Il est en retard, comme d'habitude.

J'espérais et redoutais à la fois qu'il vienne. Une longue histoire d'amitié ambiguë, un dérapage d'un soir qui s'était soldé par l'arrêt de notre relation. Le genre d'accident que j'aurais pu voir venir à des kilomètres, résultat de mois de tension étrange entre nous. J'avais joué avec le feu, je l'avais attisé tout en ayant l'impression que c'était moi qui avais la maîtrise de tout, qu'à n'importe quel moment je pouvais simplement arrêter et jouer l'innocente qui n'avait jamais cherché autre chose qu'un ami.

Rien d'extraordinaire, en fin de compte. Rien qui aurait vraiment mérité ces semaines à fantasmer secrètement. Une demi-heure d'égarement à peine, pour finalement me relever presque immédiatement après être passée à l'acte, pressée de me rhabiller et de disparaître de là. Parce que j'avais immédiatement su que c'était une bêtise – mais le désir de l'inconnu, de l'interdit avait été le plus fort. Parce que j'étais consciente que la complicité allait se transformer en gêne et en maladresse, parce que je réalisais que je venais de franchir une ligne que je m'étais promis de ne jamais franchir et que je me sentais honteuse avant même d'avoir ragrafé mon soutien-gorge.

Je n'avais plus revu Simon, je l'avais rayé de ma vie sans même avoir à lui expliquer quoi que ce soit. Gabriel ne s'était jamais douté de rien, mais j'avais préféré ne plus risquer d'être tentée, ne plus avoir à être confrontée physiquement à mon erreur. Je savais que mon mari n'aurait jamais pu me pardonner cet écart, et j'avais estimé que la culpabilité lancinante que j'éprouvais était un prix suffisant à payer pour cet incident stupide.

Simon murmure « Désolé, désolé… » tout en se frayant un chemin à travers les personnes autour de ma tombe. Certains le regardent d'un air scandalisé, mais tous s'écartent au fur et à mesure pour le laisser passer.

Il doit croire qu'un enterrement, c'est comme un concert de rock, il faut à tout prix être au premier rang.

Gabriel

Quand Gabriel se retourne et aperçoit ce type essoufflé, vêtu d'un jean slim noir et d'un tee-shirt blanc immaculé, il se demande si la fatigue des dernières nuits blanches ne lui joue pas des tours. Il doit halluciner, c'est sûr.

Non seulement il ose se pointer ici, mais en plus il ne daigne même pas arriver à l'heure.

Comment il s'appelle, déjà… ?

Simon. Comme si Gabriel avait pu oublier son prénom. Avec ses Ray-Ban noires accrochées au col de son tee-shirt, il ne manque plus qu'une veste en cuir sur l'épaule pour qu'on le prenne pour James Dean. Le play boy de ces dames. Le don Juan qui a failli faire vaciller son couple.

Lorsque Gabriel a rencontré Chloé en 2005, elle vivait depuis plusieurs années dans un F3 un peu miteux avec deux amis de fac. Tous les trois étaient étudiants en STAPS, et le sport sous toutes ses formes, c'était leur passion commune. Quand il était invité à dîner chez Chloé au début de leur relation, Gabriel s'était souvent senti exclu de leurs conversations sur leurs entraînements, leurs progressions ou leurs résultats. Mais elle avait un don pour s'adresser à ses colocataires tout en plantant son regard droit dans le sien, comme si en réalité c'était à lui qu'elle parlait, comme si elle le mettait au défi de baisser les yeux ou de rougir, comme s'il n'y avait que lui qui comptait autour de la table. Dans ces instants-là, Gabriel avait brusquement l'impression d'être seul au monde avec Chloé, même s'il pouvait toujours entendre, comme venant de loin, les voix brouillées d'Arthur et de Guillaume. La façon dont elle le fixait était… Il n'y avait pas de mots pour décrire son regard. Chaque fois, cela lui donnait brusquement envie de se lever, de prendre Chloé par la main et de quitter la table au plus vite. Bien sûr, il y avait du désir, mais cela allait tellement au-delà. La sensation diffuse qu'elle était faite pour lui et que, peut-être, il était aussi fait pour elle.

Et finalement, lorsque Chloé lui avait proposé, quelques mois à peine après leur rencontre, qu'ils s'installent ensemble, Gabriel avait ressenti cela presque comme une victoire. Elle l'avait *choisi*, encore une fois.

Pour Chloé, les études étaient terminées, et ils avaient passé une bonne partie de l'été à chercher un deux pièces à un prix abordable dans la capitale. La jeune femme avait rapidement trouvé un CDD dans un club de fitness, et Gabriel travaillait depuis plus d'un an pour la succursale d'une grosse banque. Elle avait alors tout juste vingt-deux ans, et lui, vingt-quatre.

Chloé avait gardé le contact avec ses deux anciens colocataires, elle continuait même à courir avec eux deux ou trois fois par semaine. Ils avaient eu du mal à la remplacer, ce qui l'avait fait culpabiliser au point qu'elle leur avait proposé de leur verser encore sa part de loyer le temps qu'ils retrouvent un colocataire, mais les garçons avaient refusé. Et en octobre, ils avaient enfin trouvé la perle rare à leurs yeux en la personne de Simon. Un sportif, lui aussi, mais surtout un cuisinier, dans une petite brasserie que tenait l'oncle de Gabriel. Et ambitieux : il avait bien l'intention de gravir les échelons pour un jour être un chef reconnu. Après l'avoir rencontré grâce à Gabriel, qui lui-même venait de faire sa connaissance, ils s'étaient immédiatement dit que ce Simon, en plus d'avoir l'air facile à vivre, serait certainement tout à fait enclin à cuisiner tous leurs dîners (ce en quoi ils s'étaient lourdement trompés, car en réalité Simon était rarement disponible le soir puisqu'il travaillait).

Chloé s'était tout de suite entendue avec lui, et très vite il avait rejoint le trio pour courir régulièrement. Et, selon les emplois du temps de chacun, il était ensuite souvent arrivé que Chloé coure seulement avec le jeune cuisinier, les deux autres étant de moins en moins disponibles – et enthousiastes – pour aller s'entraîner tôt le matin avant leur journée de travail.

Gabriel ne s'était pas inquiété, et il n'avait de toute façon aucune raison de le faire. Simon était le genre de type que tout le monde apprécie au premier regard, dès la première parole. Une sorte de charme qui agissait indifféremment sur les hommes et les femmes. Les années avaient passé, et l'amitié entre Chloé et Simon s'était renforcée. Tandis que lui papillonnait de fille en fille sans jamais vraiment s'attacher, elle restait solidement cramponnée à Gabriel, un couple sans faille.

Et puis, quelques mois à peine avant leur mariage, au tout début de l'année 2010, Simon avait disparu du quotidien de Chloé. Elle allait désormais courir seule en semaine, et de temps en temps le week-end avec Arthur et Guillaume. Il n'appelait plus, ne passait plus chez eux à l'improviste avec une bonne bouteille de vin, et au bout de quelques semaines Gabriel avait demandé à Chloé s'il lui était arrivé quelque chose. Chloé avait simplement répondu que Simon avait trouvé un poste de sous-chef dans un restaurant une étoile, et qu'il était complètement submergé de travail. À se demander même si on lui laissait le temps de manger entre les dizaines d'assiettes aux mets savamment agencés qu'il préparait durant son service !

Gabriel n'avait rien dit, il n'avait pas posé plus de questions.

Il s'était contenté de remarquer que si Chloé avait bien envoyé une invitation à Simon pour leur mariage, qui aurait lieu au mois d'avril, ce dernier avait immédiatement renvoyé le coupon-réponse en cochant la case « Ne pourra malheureusement pas assister à la réception ». Il avait aussi constaté que si Arthur et Guillaume venaient encore régulièrement dîner à la maison, Simon ne semblait jamais invité, ou du moins jamais disponible pour se joindre à eux. Et Chloé n'allait plus jamais passer la soirée dans le petit F3 en compagnie de ses anciens colocataires.

Gabriel n'avait pas interrogé sa femme. Mais il savait que la disparition totale de Simon ne pouvait avoir qu'une seule explication. Ils avaient dérapé. Une fois, deux fois, trois fois, peu importe. Et si Chloé ne le voyait plus du tout, c'est qu'elle regrettait son erreur.

Il l'observait préparer le mariage qui approchait à grands pas, s'arracher les cheveux sur le plan de table, choisir les décorations de la salle, déguster les plats qui seraient servis. Il la voyait aussi parcourir les annonces immobilières à la recherche d'un appartement ou d'une petite maison à Saint-Malo, où ils devaient partir s'installer à la rentrée de septembre. Elle s'enthousiasmait et s'exclamait à intervalles réguliers : « Non mais tu te rends compte de la surface qu'on va pouvoir louer pour le prix de notre deux pièces à Paris ! »

Elle avait accepté Saint-Malo parce qu'il y avait la mer, c'est vrai. Mais elle avait aussi accepté parce que là-bas Simon appartiendrait définitivement au passé.

Gabriel avait su tout cela sans que le moindre mot soit prononcé, sans que la moindre dispute éclate. S'il avait souffert en silence, il avait choisi de pardonner à Chloé, parce qu'il voyait bien qu'elle-même ne se pardonnait pas. Et il l'avait laissée croire qu'il ne soupçonnait rien.

Son oncle, qu'il avait subtilement interrogé, lui avait confirmé que Simon avait trouvé une place de sous-chef de cuisine dans un restaurant du 12e arrondissement.

– C'est un peu grâce à moi, j'ai fait jouer mes connaissances pour lui filer un coup de pouce ! avait-il ajouté, fier de compter parmi ses amis des chefs reconnus.

Gabriel avait hoché la tête sans dire un mot, contemplant la cuillère qu'il tournait d'un air morne dans son café noir.

– Il y a quelque chose qui ne va pas ? s'était inquiété son oncle.

Deux semaines plus tard, en passant presque par hasard devant le fameux restaurant une étoile, Gabriel avait remarqué une affichette sur la devanture. « Recherche sous-chef. Expérience exigée. À pourvoir de suite. »

Il s'était rapidement engouffré dans le métro le plus proche, et un petit sourire satisfait avait brièvement éclairé son visage.

Gabriel chasse ces souvenirs de son esprit. À la fin de la cérémonie, il va saluer Simon. Les deux hommes se serrent la main, et l'ancien amant adresse ses condoléances au mari.

– J'ai été tellement choqué quand j'ai su ce qui s'était passé... Chloé m'avait dit qu'elle allait nager très régulièrement, qu'elle adorait la mer. Je n'aurais jamais imaginé qu'elle puisse courir le moindre danger, je me demande encore comment une chose pareille a pu arriver, comment elle a pu se noyer comme ça...

Gabriel se contente de hocher la tête sans dire un mot. Chloé était encore en contact avec Simon, apparemment. Il se tait, mais son cerveau enregistre l'information.

Lentement, les gens retournent à leurs voitures, et à leurs vies. Les parents de Gabriel sont les derniers à venir le serrer dans leurs bras.

– J'ai envie de rester seul, maman. Je vous rejoindrai un peu plus tard, d'accord ?

Sa mère acquiesce et lui passe la main sur la joue. Son regard lui souhaite tout le courage possible.

Gabriel reste dans le cimetière à présent désert, et il contemple la tombe recouverte de fleurs. Son regard, pensif, s'attarde sur les lettres dorées qui tranchent sur le gris foncé du marbre. « Chloé Hamon. 1983-2013. »

Alors comme ça, Simon faisait encore partie du tableau. Qu'est-ce que sa femme lui cachait d'autre, au juste ? Qu'est-ce qu'il risquait de découvrir maintenant qu'elle n'était plus là ?

Emma

Édith Adelstein m'a tout de suite plu, et je crois que le sentiment a été réciproque. Elle doit avoir l'habitude des retraités bénévoles, et se dit qu'un peu de jeunesse au sein de son association sera bénéfique. De nouvelles idées et davantage de dynamisme.

Traverser Le Deuil, TLD pour les habitués, propose aux personnes qui ont vécu un deuil de venir partager leur expérience, leur peine et leurs souvenirs au sein de groupes de parole, qui sont encadrés par un bénévole spécialement formé.

Édith a été convaincue par mon idée d'accompagner les personnes qui le souhaitent dans la création d'un album souvenir du proche qu'ils ont perdu. Se replonger dans les photos, sélectionner les clichés qui font sens pour l'endeuillé, éventuellement me laisser les retravailler pour sublimer les portraits choisis, c'est tout un cheminement qui peut aider les participants aux groupes de parole à traverser l'épreuve du deuil.

Elle m'a proposé de m'inclure dans le prochain groupe, qui devrait démarrer d'ici un mois et demi. Le nombre de participants est volontairement très limité, pour que chacun ait l'espace suffisant pour s'exprimer, et pour qu'une véritable intimité puisse se créer au fur et à mesure des rencontres. Il y aura donc cinq ou six endeuillés, de tous âges et de tous horizons. Édith coordonnera le groupe de façon à pouvoir avoir un œil sur moi. Elle ne l'a pas dit comme ça, mais c'est ce que j'ai compris. Elle ne veut pas que je fasse de faux pas, étant donné que ce sera ma première expérience dans le domaine du deuil et que je n'ai suivi aucune formation d'accompagnement. Je me joindrai au groupe en tant qu'observatrice et aurai la possibilité d'être en contact avec les participants qui le souhaiteront en dehors des réunions mensuelles, pour la réalisation de l'album souvenir.

La première réunion du prochain groupe de parole doit avoir lieu le 8 juillet. D'ici là, j'ai largement de quoi faire vu le cahier des charges que m'a donné l'Office de tourisme de Saint-Malo. Je dois photographier la ville sous toutes les coutures, et profiter de la moindre minute de soleil pour pouvoir présenter la ville bretonne sous son meilleur jour.

Je prépare donc mon reflex et mon grand-angle pour une petite excursion sur la digue. S'il ne fait pas très beau, il y a malgré tout une luminosité parfaite pour aller photographier la mer et les brise-lames. Il est 19 heures, et j'ai bon espoir qu'à cette heure tardive la plage soit déserte. Il n'y a rien de plus frustrant que de devoir attendre qu'un groupe de passants avance pour sortir du cadre de la photo qu'on essaye de prendre…

Mon téléphone vibre et le son de *Where is My Mind* des Pixies envahit mon petit studio. Un rapide coup d'œil sur l'écran : c'est ma mère. Encore. Elle a le don pour toujours appeler au mauvais moment. Je décroche en soupirant ; ça fait trois fois qu'elle tente de me joindre depuis mon arrivée, et elle va commencer à s'inquiéter et peut-être même alerter la police municipale de Saint-Malo ainsi que tous les hôpitaux de la région.

– Allô Emma ? C'est maman ! Je commençais à me faire du souci ! Je t'ai laissé plusieurs messages depuis vendredi, tu aurais quand même pu me rappeler, non ? Je sais que tu es sans doute très occupée, mais pas au point de ne pas avoir le temps de me téléphoner cinq minutes…

Ma mère fait traîner le « très » de « très occupée », c'est sa façon de bien me faire comprendre que son ton est ironique et qu'elle est peinée de ne pas avoir eu de mes nouvelles.

– Je sais, je suis désolée, maman. Je n'ai pas eu une minute à moi, entre le ménage du studio que j'ai dû faire de fond en comble dès mon arrivée, le déballage de mes cartons, le rendez-vous à l'Office de tourisme et à l'association dont je t'ai parlé… J'allais justement partir faire quelques photos de la plage.

– Ce que tu essayes de me dire, c'est que comme d'habitude je tombe mal, n'est-ce pas ?

– Mais non, ne prends pas la mouche… Il faut toujours que tu déformes mes paroles ! Je voulais juste te dire à quoi j'avais passé le week-end, c'est tout…

Je sens qu'une fois de plus la conversation va se transformer en une liste de reproches : je n'appelle jamais, je suis allée m'exiler à l'autre bout de la France sans raison, je refuse d'écouter ses conseils, etc. Pourquoi c'est toujours si compliqué avec ma mère ?

– Je te rappelle dans la semaine, d'accord ? Et je t'enverrai mes premières photos par mail si tu veux. Allez, bisous, maman.

Ma mère bougonne et raccroche enfin. Je sais qu'elle va pester et aller se plaindre à mon père, qui se contentera de lui répondre : « Mais laisse-la un peu vivre sa vie, à cette petite ! Elle n'a plus quinze ans ! »

J'ajoute le numéro d'Édith dans mon répertoire. La liste de mes contacts est très courte, je n'ai mis dans mon portable que les personnes que j'appelle vraiment : ma mère, mon père et mon frère Nathan, bien sûr. Le fixe de mes grands-parents maternels, même si je leur téléphone bien moins souvent que je ne devrais. Mon coiffeur, mais il va de toute façon falloir que j'en trouve un nouveau à Saint-Malo. Louis, un ancien copain de promo avec qui j'ai fait mes études à Arles. Pas vraiment un ami, plutôt un collègue, à présent. Il fait aussi de la photo de mariage ; à part que lui, ça le satisfait. On s'appelle encore parfois pour échanger des idées ou parler matériel. Mon banquier ; lui je ne l'appelle pas, mais avoir ajouté son numéro dans mon répertoire me permet de savoir quand c'est lui qui m'appelle. Pour me parler de mon découvert, en général. Ça m'évite donc de décrocher ; je me contente de faire vite fait un virement de mon livret A sur mon compte courant pour ne pas entendre parler de lui.

Je n'ai pas de meilleure amie à qui raconter toutes mes petites histoires, à qui téléphoner à 2 heures du matin si je me sens triste ou angoissée. Je n'ai pas non plus une bande de copains à appeler pour faire une petite soirée improvisée. La vérité, c'est que je suis une solitaire. Je l'ai toujours été et ça ne m'a jamais posé problème. J'aime aller au cinéma seule, faire du sport seule, rêvasser à la plage seule sur ma serviette. Et naturellement, j'aime être seule avec mon appareil photo.

Quand j'étais petite, ma mère, éternelle inquiète, ne supportait pas ma solitude et se disait qu'il devait forcément y avoir quelque chose qui clochait chez moi, puisque jamais je ne ramenais d'amis à la maison. Elle s'était mis en tête d'inviter la fille de la voisine, ou le fils d'une de ses collègues, pour que je sympathise avec eux. Chaque fois, elle les a retrouvés errant seuls dans la maison, alors que j'étais partie m'amuser de mon côté au fond du jardin ou au grenier. Après m'avoir entendue lui dire que j'étais très heureuse comme ça et que je n'avais pas *particulièrement* besoin de compagnie, ma mère avait abandonné et s'était fait une raison.

Je n'ai pas non plus de fiancé attitré, prêt à me suivre partout. Je suis plutôt du genre à enchaîner les histoires sans lendemain. À être partie avant que la forme endormie à côté de moi se réveille. À toujours hésiter à mentir quand on me demande mon numéro de téléphone. Je ne sais pas m'attacher. Ma mère me répète que c'est parce que je n'ai pas encore rencontré « le bon », mais je me demande parfois si je ne suis pas tout simplement incapable de m'engager en amour, si ce n'est pas incompatible avec mon rêve d'évasion et de liberté.

J'avoue qu'aujourd'hui j'aurais bien aimé avoir une meilleure amie à qui confier mes doutes et mon appréhension. Elle aurait pu me rassurer, me dire que je fais le bon choix, que ce qui importe, c'est de réaliser enfin mon rêve et partir à l'étranger avec mon reflex en bandoulière. Ça m'aurait peut-être plus aidée que de dialoguer avec mon reflet dans le miroir.

J'éteins mon téléphone et le range dans ma sacoche avec mes objectifs. Quand je fais de la photo, je déteste être interrompue.

5.

Juin 2013

Chloé

Je suis morte depuis plus d'un mois, même si je commence à perdre un peu la notion du temps. Les jours se suivent et se ressemblent.

J'observe Gabriel errer dans notre maison.

La première semaine, il n'a pas mis le nez dehors. Il est resté à traîner, amorphe, comme un zombie. J'ai eu l'impression de regarder une scène coupée de *Walking Dead*. Il ne mangeait quasiment rien mais buvait beaucoup. Il dormait le jour et restait toute la nuit devant la télé, hagard, avec des cernes de plus en plus prononcés sous les yeux.

La deuxième semaine, il a surtout pleuré dès qu'il tombait sur quelque chose m'appartenant. Ce qui concerne à peu près la moitié des objets de la maison, en fait. Il a fondu en larmes devant ma bouilloire et mes sachets de thé, il a sanglоté en voyant mes sandales au bas de l'escalier. Il s'est effondré quand il a aperçu le roman à moitié lu sur ma table de chevet, s'est essuyé les yeux quand il a reçu au courrier des lettres qui m'étaient adressées. J'ai soupiré, impuissante, quand je l'ai vu soir après soir respirer ma taie d'oreiller. Mais c'est vite devenu lassant.

La troisième semaine, il a malencontreusement fait tomber un vase en verre doré qu'il m'avait offert lorsqu'on avait emménagé à Saint-Malo. Et, après avoir contemplé d'un air absent les morceaux éparpillés sur le carrelage blanc, il s'est brusquement mis dans une colère noire. Il a jeté contre les murs tout ce qui lui passait sous la main, le moindre objet à sa portée. Les plantes vertes, la vaisselle qui traînait sur le plan de travail, jusqu'aux livres pourtant à l'abri dans la bibliothèque. Tout ça sans un cri, sans un bruit de sa part. Un vrai massacre. Il ne s'est arrêté que lorsqu'il a saisi un cadre avec une photo de nous deux en vacances en Espagne. Alors, il s'est laissé tomber contre le mur, à bout de souffle, et a posé le cadre à côté de lui. Puis il s'est pris la tête entre les mains et a fondu en larmes, évidemment.

Tout ça pour un vase que je ne trouvais même pas joli.

Je voudrais lui dire qu'il n'a pas le droit de se laisser *couler* comme ça – après tout, je suis bien placée pour utiliser ce genre de métaphore, non… Il faut qu'il se ressaisisse, il n'a pas le choix.

Quelques jours après cette scène incompréhensible, il a repris le travail. Je pense que Geoffrey y est pour quelque chose, car il n'a pas cessé de téléphoner et de venir tambouriner à la porte de chez nous. J'ai poussé un soupir de soulagement. Gabriel a repris un rythme normal, il se lève le matin, va travailler, et se couche le soir. Certes, il ne semble pas avoir beaucoup d'entrain et mange soir après soir une pizza qu'il se fait livrer, mais au moins il ne se laisse plus complètement dépérir. Peut-être même va-t-il bientôt se rendre compte de l'état de crasse dans lequel est notre maison…

La quatrième semaine, on replonge. Gabriel met en boucle *Ain't No Sunshine*, la chanson qu'on avait choisie pour la première danse de notre mariage. Un slow qu'on avait dansé, enlacés tendrement, comme s'il n'y avait plus personne autour de nous. Quand Bill Withers s'écrie pour la cinquante-septième fois « *This house just ain't no home anytime she goes away* », j'ai envie de hurler. D'accord, Gabriel m'aime. D'accord, je lui manque. D'accord, c'est horrible de m'avoir perdue. Mais à quoi bon se complaire dans sa douleur ?

Bien sûr, d'un côté, ça m'arrange de le voir dans cet état-là. Je n'ai pas envie qu'il m'oublie, qu'il passe à autre chose. S'il ne souffrait pas, c'est moi qui souffrirais !

Mais j'ai aussi besoin de voir que c'est un battant. Un homme. J'ai toujours été comme ça, je ne supporte pas la faiblesse. Si j'en avais la possibilité, je le prendrais par les épaules pour le secouer un bon coup. Et je lui tendrais un rasoir, pendant qu'on y est. Pour qu'il en finisse avec cette barbe en friche qui lui mange la moitié du visage, hein, pas pour autre chose.

Je voudrais qu'il soit désespéré sans moi tout en ayant l'air viril, en fait.

Cette semaine, il a entrepris de ranger mes vêtements. Je trouve que c'est un peu tôt, mais il a peut-être lu ça quelque part, ou alors sa mère lui a dit que faire du tri dans ma penderie, ça ferait de la place dans sa tête. Elle est spécialiste des aphorismes de sagesse bidon.

Il a commencé par retirer du cintre accroché à la porte du dressing ma robe jaune, celle que j'avais prévu de porter pour le dîner chez ses parents. (Ça me fait penser que j'aurai au moins échappé à cette soirée.) Il l'a délicatement rangée dans un grand carton qu'il a dû acheter pour l'occasion. Puis il a déposé mes jeans un à un en soupirant à intervalles réguliers. Mes pulls, mes chemisiers, mes robes. Mes vêtements de sport, mes maillots de bain – sauf le noir que je portais le jour où. Toute ma garde-robe y est passée. Il n'a conservé qu'une grande étole turquoise en soie, une de ses préférées. Il l'a respirée quelques instants puis l'a rangée dans le tiroir de sa table de chevet. Il a fermé les trois cartons qu'il avait remplis avec du gros scotch marron, puis les a mis sur l'étagère la plus haute du dressing.

J'avoue ne pas avoir compris l'intérêt de la chose. Je pensais qu'il allait donner – ou éventuellement vendre, vu le prix de certaines de mes robes ! – mes vêtements. Pas qu'il allait tout remettre dans le placard.

Mais sa mère a souvent des idées étranges, il ne faut sûrement pas chercher plus loin.

Il a effleuré la couverture du roman posé sur ma table de chevet, mais ne l'a pas rangé dans le tiroir.

Ensuite, il a jeté tout ce qui m'appartenait dans la salle de bains. Ma brosse à dents, mon maquillage, mes lotions, mes bains moussants, mon épilateur, mes élastiques à cheveux. Même mon parfum.

Il a ouvert le petit coffre en bois où je range mes bijoux, a semblé hésiter, puis l'a refermé et l'a repoussé au fond du placard.

Enfin il a fermé le grand sac-poubelle et s'est assis sur le rebord de la baignoire. Il est resté là plusieurs minutes, immobile. Je ne sais pas à quoi il pensait. Il n'avait pas l'air si triste que cela, juste pensif.

J'ai eu mal au cœur pour lui, même s'il avait balancé ma bouteille quasi neuve de Parisienne.

Gabriel

Ce matin, Gabriel a récupéré l'alliance et la gourmette de Chloé. Après avoir rangé le bracelet dans la salle de bains, il passe l'alliance dans la chaîne qu'il porte autour du cou. Il la glisse sous son tee-shirt, à l'abri des regards compatissants qu'il ne supporte plus.

On lui a aussi rendu les doubles des clés de voiture de sa femme ainsi que le sac à main qui se trouvait à l'intérieur. La Clio était restée là où Chloé l'avait garée avant d'aller nager. Gabriel enverrait son père la ramener ici, il n'avait pas le cœur de s'en occuper lui-même. Il demanderait à Geoffrey de la revendre sur Le Bon Coin.

Il ouvre le sac à main de Chloé et en sort un par un les trésors qui s'y cachent. Une boîte de Tic Tac à la menthe. Ses clés de maison. Un tube de gloss. Un miroir de poche. Un vieux stylo au capuchon tout mordillé. Un portefeuille avec des cartes de fidélité par dizaines, un billet de cinq euros et une vieille photo d'identité de Gabriel. Deux élastiques à cheveux et une barrette noire.

Et son téléphone. Gabriel l'allume et tape les quatre zéros du code PIN. Chloé n'a jamais compris l'intérêt d'un code secret. L'écran s'éclaire. Sept SMS reçus et cinq messages sur le répondeur. Gabriel les efface un à un après s'être assuré qu'il s'agissait bien des siens.

Il ouvre le répertoire de Chloé et va directement à la lettre S. Un seul contact : Simon. Elle ne l'a donc pas effacé. Ou alors elle l'a remis. Gabriel se sent trahi, même s'il essaye de se dire qu'un numéro de téléphone ne signifie rien.

Il parcourt rapidement les anciens textos stockés sur la carte SIM. Maman – « Ça serait sympa de me donner des nouvelles ! » Oriane – « Désolée de te demander ça maintenant, mais tu penses que tu pourrais garder les enfants vendredi soir ? Je viendrai les rechercher le samedi matin… » Mehdi – « Tu m'échanges le cours de Pilates de mercredi contre le step de jeudi matin stp ? » Aucun message de Simon, ou alors ils ont été effacés.

Gabriel s'en veut d'être obsédé par ce type depuis qu'il l'a revu à l'enterrement de Chloé, mais il ne peut pas s'empêcher de douter. Il a besoin de savoir s'il a eu raison de pardonner à sa femme, il a besoin de savoir qu'elle l'aimait vraiment, maintenant qu'elle n'est plus là pour le lui dire.

Il remet tout en vrac dans le sac à main et le dépose dans le tiroir de la table basse du salon. Il y range aussi le rapport d'autopsie qu'il a officiellement récupéré ce matin, en même temps que les bijoux de Chloé. L'enveloppe n'est même pas ouverte. À quoi bon. Gabriel sait déjà tout ce qu'il y a d'écrit à l'intérieur. Le légiste l'a appelé il y a trois semaines pour lui faire son compte-rendu. Il a conclu qu'au vu de l'hémorragie cérébrale qu'il avait découverte lors de l'autopsie, Chloé avait fait une rupture d'anévrisme et s'était ensuite noyée. L'explication du légiste a ainsi répondu à la seule question que se posait Gabriel : comment sa femme avait-elle pu trouver la mort dans une mer calme, elle qui était une nageuse expérimentée ?

Le reste n'avait pas d'importance. Chloé n'était plus là, point.

Le regard de Gabriel tombe sur le dépliant que lui a remis l'employé des pompes funèbres le jour de l'enterrement. « Traverser Le Deuil. Parce que vous n'avez pas à vivre seul cette épreuve. » Il le lui a glissé dans la main avant de repartir avec le corbillard.

– Je sais que ce n'est pas le moment, mais cette association m'a vraiment beaucoup aidé quand j'ai perdu mon frère, il y a quelques années. J'avais beaucoup d'a priori avant de rejoindre un groupe de parole, mais croyez-moi, j'ai rencontré des personnes formidables... Des personnes qui me comprenaient parce qu'elles vivaient la même épreuve que moi...

Par politesse, Gabriel avait mis le papier dans sa poche au lieu de le jeter dans la première poubelle venue. Aller raconter sa vie à des inconnus, ce n'était pas son genre. Il n'avait déjà pas l'habitude de se confier à ses proches, alors à des étrangers...

Mais aujourd'hui, il devait bien admettre que, tout seul, il s'enfonçait. Il avait l'impression d'être différent de tout le monde, de connaître une souffrance que personne ne pouvait mesurer et encore moins comprendre. Il avait repris le travail, voyait des amis, allait dîner chez ses parents, mais à l'intérieur il avait le sentiment qu'une partie de lui était morte avec Chloé.

Ranger et trier ses affaires n'avait pas le moins du monde aidé, contrairement à ce qu'avait affirmé sa mère.

Il avait en permanence envie de hurler, il était en colère contre tout le monde sans raison.

Il s'effondrait dès que personne ne le regardait et il n'avait plus goût à rien. Il se traînait à longueur de journée, essayant de sauver les apparences derrière un sourire factice.

Il était fatigué de faire semblant.

Après tout, il pouvait aller à un groupe de parole juste une fois, et si ça ne lui plaisait pas, il n'y remettrait pas les pieds.

Le fil de ses pensées est brusquement interrompu par quelqu'un qui frappe de manière décidée à la porte d'entrée. Gabriel va ouvrir d'un pas traînant et découvre Geoffrey, le poing encore levé.

– J'étais pas sûr que tu entendes... se défend-il d'un air gêné.

– Ce serait quand même bien que tu comprennes que de nos jours la sonnette a remplacé le heurtoir. Il va bientôt y avoir l'empreinte de ton poing sur la porte.

Gabriel ouvre la porte en grand et, sans un regard pour son meilleur ami, retourne au salon. Geoffrey lui emboîte le pas.

– Pas si vite, vieux ! J'ai un cadeau pour toi. Je me suis dit qu'à défaut d'avoir envie de traîner et de discuter avec moi en ce moment, un peu de compagnie ne te ferait malgré tout pas de mal…

Gabriel se retourne et son regard tombe sur un chien, assis tranquillement sur le pas de la porte comme s'il attendait qu'on l'invite à entrer.

– C'est quoi, ça ? marmonne-t-il les sourcils froncés.

– Un chien !

Geoffrey semble absolument ravi de sa surprise.

– Je me doute que c'est un chien, merci. Mais qu'est-ce qu'il fait là, au juste ?

– Je viens de te le dire. Il va te tenir compagnie, puisque tu n'as envie de voir personne. Pense aux avantages : tu ne seras même pas obligé de lui faire la conversation pour qu'il s'attache à toi ! Je sais que tu as toujours rêvé d'avoir un chien, me raconte pas d'histoire, d'accord ? Eh bien, c'est le moment idéal pour en adopter un.

– Mais Chloé… ?

Gabriel s'interrompt. Chloé n'aurait jamais voulu de chien. Mais elle n'était plus là, à présent. Geoffrey se tait, il ne sait pas quoi répondre, ne trouve pas les mots capables de réconforter son ami.

Gabriel regarde d'un air pensif le golden retriever de couleur crème. Le chien lui retourne son regard, immobile. On a presque l'impression qu'il attend la décision de celui qui va peut-être devenir son maître.

Il y a une quinzaine d'années, Gabriel avait failli avoir un chien.

Un bâtard, avec des poils noirs et des oreilles presque aussi grandes que celles d'un fennec. Il était tombé nez à nez avec lui en rentrant du collège, sur le petit chemin de terre désert qu'il empruntait pour aller plus vite. Gabriel revoit encore la façon dont le chien penchait légèrement la tête sur le côté, comme s'il attendait. Il s'était accroupi pour le caresser, et l'animal lui avait emboîté le pas sans hésiter.

Plusieurs fois, Gabriel lui avait fait signe de partir, mais en vain. Arrivé devant la maison familiale, l'adolescent avait jeté un coup d'œil au chien et avait murmuré :

– Attends-moi là.

L'animal avait poussé un petit jappement comme pour acquiescer.

La mère de Gabriel, en revanche, n'avait pas du tout acquiescé, au contraire. Il était hors de question d'adopter un chien, et encore moins un trouvé dans la rue.

– On ne le connaît même pas ! Et puis, tu as pensé à ton frère ?

Son père avait marmonné que ça lui était égal, que Gabriel n'avait qu'à se débrouiller avec sa mère. D'un air enjôleur, ce dernier l'avait alors suppliée, affichant un visage le plus attendrissant possible et l'inondant de « Je t'en prie, dis oui, ma petite maman chérie que j'aime tant, dis oui s'il te plaît... ! Grégoire sera d'accord, regarde-le, il est adorable, et en plus il est tout petit, ce gentil toutou ! ». De guerre lasse, elle avait haussé les épaules et il avait fait entrer le chien en promettant qu'il se chargerait d'aller le promener et qu'elle n'aurait jamais à s'en occuper.

Mais quand Grégoire, le cadet de la fratrie, était descendu de sa chambre, il avait hurlé. Il avait une peur bleue des chiens depuis son plus jeune âge, sans que rien ne puisse le justifier. Gabriel avait tenté de le rassurer : l'animal n'arrivait même pas à la hauteur de ses genoux, il n'avait même pas laissé échapper le moindre grognement ! Mais c'était peine perdue, Grégoire avait couru se réfugier dans sa chambre, refusant la moindre discussion.

Leur mère s'était emportée, le père s'en était mêlé, et au moment où Laurent, l'aîné de la fratrie, était rentré du lycée, la maison était sens dessus dessous.

– J'avais dit que ramener un chien, c'était n'importe quoi !

– Je ne suis pas d'accord, c'est l'occasion parfaite pour que ton fils arrête de faire sa chochotte, au contraire ! avait tonné le père, exaspéré de ne pas pouvoir lire son journal en paix.

Gabriel savait que tout prétexte était bon pour déclencher un conflit entre ses parents. Ils adoraient ça, et surtout ils adoraient se réconcilier après, sans se soucier d'imposer en permanence à leurs enfants un climat volcanique.

Grégoire avait dîné dans sa chambre, refusant de mettre un pied dans la cuisine. Gabriel et Laurent avaient subi un repas dans les hurlements, le nez dans leur assiette pour ne pas devenir un dommage collatéral. Le chien, lui, était resté immobile dans l'entrée.

Le lendemain matin, Gabriel était sorti de bonne heure et avait emmené l'animal avec lui. Celui-ci l'avait suivi d'un pas allègre, ravi de sortir un peu. L'adolescent avait marché une bonne heure dans la campagne bretonne, le chien sur les talons et les mains dans les poches. Enfin, il s'était immobilisé, avait regardé le bâtard et lui avait dit de partir.

Ce dernier n'avait pas bougé.

– Va-t'en, je te dis ! Je ne peux pas te garder, tu l'as compris, non ?

L'animal avait penché la tête sur le côté en gémissant.

– Dégage, d'accord ? Tu ne nous as apporté que des emmerdes, hier soir !

Subitement furieux, Gabriel avait ramassé une poignée de cailloux et avait commencé à bombarder avec hargne le chien qui n'avait alors pas demandé son reste.

Lorsqu'il était rentré chez lui, plus personne n'avait reparlé de l'incident de la veille, ni ne lui avait demandé où le toutou était passé.

Et Gabriel avait fait une croix sur son rêve d'avoir un chien.

Face à Geoffrey, Gabriel se gratte la tête, perplexe.

– Il n'a pas l'air d'être de toute première jeunesse.

– Je l'ai trouvé à la SPA. Je ne me voyais pas t'apporter un chiot qui pisse partout et que tu aurais dû dresser. Il a six ans. La nana m'a dit qu'il était très sociable. Je me suis dit que par rapport à toi, ça compenserait.

– Ha ha ha.

Gabriel s'accroupit et caresse la tête du chien.

– Il va mettre des poils partout.

– Mais Chloé n'est plus là.

Les mots sont sortis tout seuls, et Geoffrey se mord la lèvre inférieure, confus.

– Enfin, ce que je veux dire, c'est que...

– Tu as raison... Chloé n'est plus là, reprend Gabriel d'une voix douce.

– Il s'appelle Chance. Tu peux changer son nom, mais je ne suis pas sûr qu'il comprenne quand tu t'adresseras à lui.

Gabriel et Chance se jaugent du regard en silence.

Le premier se dit que c'est peut-être un signe, ce chien qui débarque chez lui comme ça, par surprise.

Le second penche légèrement la tête sur le côté, instinctivement.

Geoffrey sait que c'est gagné et, discrètement, il ressort de la maison.

Emma

– Vous êtes sûre que vous ne voulez pas un endroit moins visible ? Vous avez bien réfléchi ? Inutile de vous dire qu'après on ne revient pas en arrière !

– Je suis sûre de moi, ne vous en faites pas pour ça.

La tatoueuse, une jeune femme aux cheveux rouge vif, hoche la tête et me montre le transfert qu'elle va appliquer sur l'intérieur de mon poignet. Un aigle aux ailes ouvertes, une envergure totale de 5,2 centimètres. Le motif correspond exactement à ce que j'imaginais ; la jeune femme a dessiné un rapace noir, stylisé. Un dessin simple et sobre, aux lignes épurées.

Tout en me désinfectant rapidement la peau, elle me demande pourquoi j'ai choisi ce motif. Sans doute plus par politesse que par réel intérêt, mais je réponds quand même.

– La liberté et la vue perçante. Histoire de ne pas oublier qui je veux être. Ne pas oublier de quitter ma cage, et ne pas perdre mon regard sur le monde.

Mes paroles sonnent un peu faux, mais je ne sais pas comment mieux expliquer mon choix. La tatoueuse fait un vague « Mmm mmm » peu convaincu. Elle doit être habituée aux discours pseudo-philosophiques et au symbolisme bidon. Peu importe, le principal, c'est que cela représente quelque chose pour moi.

L'air concentré, elle pose le calque sur mon poignet et commence à tracer les contours du dessin.

Je serre les dents. Je savais que j'avais choisi un endroit douloureux, mais je ne m'étais pas préparée à une sensation aussi désagréable. J'expire longtemps, lentement. Je me concentre sur l'aiguille électrique qui fait apparaître, au fur et à mesure que les minutes s'écoulent, les ailes déployées d'un aigle.

Une demi-heure plus tard, la tatoueuse essuie mon poignet avec un morceau de tissu, désinfecte à nouveau ma peau et y applique une sorte de film transparent. C'est terminé.

– N'oubliez pas le Bepanthen, pendant une quinzaine de jours. Et ensuite, n'hésitez pas à repasser s'il y a besoin d'une retouche.

L'esprit de la tatoueuse est déjà ailleurs ; son prochain client est un habitué, on dirait une fresque vivante.

Je contemple les veines bleues qu'on distingue sous l'aigle noir de jais. La tatoueuse se racle la gorge pour me faire comprendre qu'il est temps que je m'en aille. Sa journée ne fait que commencer, elle a encore un paquet de dauphins, d'étoiles et de signes chinois à graver sur la peau de divers inconnus.

Je m'empresse de ramasser mon sac et ma veste avant d'aller ouvrir la porte de la petite boutique. Il faut que je passe à la pharmacie, et ensuite il faudrait que je…

Brusquement, quelque chose me rentre dedans et je perds l'équilibre. J'essaye de me rattraper tant bien que mal, mais je finis malgré tout les fesses par terre. Je regarde à gauche du trottoir pour apercevoir une forme beige s'éloigner rapidement.

– Reviens ici ! Chance ! Reviens immédiatement ! Chaaaaance !

Deux jambes en pantalon noir s'arrêtent devant moi. Je lève les yeux pour découvrir un homme d'une trentaine d'années, l'air terriblement désolé, qui me tend la main.

– Je suis confus, vraiment... Mon chien n'écoute rien... Je ne l'ai que depuis quelques jours, et ce n'est pas évident... Il profite du moindre moment d'inattention de ma part pour tirer d'un coup sec sur sa laisse et s'enfuir... Est-ce que ça va ?

Avec son aide, je me remets debout et essuie mon jean. J'ouvre mon sac pour vérifier que mon reflex est intact. L'homme reste devant moi, les bras ballants. Il se frotte l'arrière de la tête d'un air embarrassé, et en même temps il lance discrètement des regards derrière moi, dans la direction où son chien a filé. Il doit être déjà loin maintenant.

– Tout va bien, ce n'est pas grave.

J'esquisse un petit sourire poli et il semble soulagé.

– Vous pouvez y aller, vous savez.

– Où ça ?

– Ben, chercher votre chien...

– Oh ! Oui, bien sûr. Merci...

L'inconnu repart brusquement en courant et, arrivé au bout du trottoir, il ne semble pas savoir de quel côté se diriger. Il regarde des deux côtés, d'un air indécis. Le chien n'est nulle part. Après quelques secondes de réflexion, il choisit d'aller à gauche. Il se retourne une dernière fois pour m'adresser un signe de la main.

– Encore désolé, hein !

Après un arrêt à la pharmacie pour me procurer la crème à appliquer sur mon tatouage, je rentre chez moi.

Les jours passent lentement, comme si le temps allait au ralenti. Pourtant, je ne chôme pas. J'ai bouclé le projet pour l'Office de tourisme en trois semaines à peine. Le premier groupe de parole va démarrer d'ici une grosse semaine. Tous mes week-ends ont été occupés par des mariages et des séances photos maternité. J'en ai effacé, des vergetures et des cernes, sous Photoshop.

Mais comme je ne connais encore personne ici, le temps file moins vite. J'aime la solitude, c'est vrai, mais je me rends compte que je ne suis pas non plus faite pour être seule en permanence. Comme n'importe quel être humain, je suppose.

6.

Juillet 2013

Chloé

La première fois que j'ai vu Gabriel, il était sur le trottoir devant la Société générale du boulevard de Magenta. Adossé à la vitrine de l'agence, il fumait une cigarette d'un air pensif, la main droite dans la poche de son pantalon de costume noir. Avec ses cheveux brun foncé qui lui retombaient en boucles juste au-dessus des yeux, il m'a fait penser à Mika.

Mika en costard, quoi. Et avant qu'il se coupe les cheveux.

Bref.

Je suis passée devant lui au pas de charge, car j'étais en retard pour un déjeuner avec une amie. Quelques mètres plus loin, je me suis retournée tout en continuant à marcher. *Pas mal.* Il ne m'avait même pas remarquée. J'ai ralenti sans vraiment y réfléchir, jusqu'à m'arrêter complètement. J'ai hésité ; Sara allait faire la tête, j'imaginais déjà sa mine renfrognée, vexée de m'avoir encore attendue une éternité. J'ai vite chassé cette pensée désagréable de mon esprit, je réussirais bien à amadouer mon amie en lui racontant la rencontre que j'avais faite...

L'air innocent, je suis repassée devant lui, plus lentement, pour avoir le temps de mieux le détailler. *Plus que pas mal*. Environ vingt-cinq ans, une silhouette élancée et svelte, des épaules larges. Une barbe naissante qu'il raserait sans doute le lendemain matin. Mais surtout, surtout, il dégageait quelque chose d'assez indéfinissable, un mélange de calme et de nonchalance, une sérénité désinvolte. Le genre d'homme qui n'a pas conscience d'être séduisant, et qui vous regarde avec des grands yeux étonnés quand vous l'abordez.

Il ne m'avait toujours pas remarquée, il semblait complètement perdu dans ses pensées. Tant pis. J'allais faire le premier pas, pour une fois.

Je réfléchissais encore à ce que j'allais bien pouvoir lui dire pour attirer son attention, quand il a brusquement écrasé sa cigarette puis jeté un rapide coup d'œil sur sa montre avant de rentrer dans la banque.

Ma proie avait disparu avant même que j'aie pu prononcer le moindre mot. Il était hors de question que je m'avoue déjà vaincue. Sara pouvait bien attendre quelques minutes de plus.

Je suis donc entrée dans l'agence et me suis dirigée vers le réceptionniste boutonneux qui triait des chéquiers.

– Je voudrais prendre rendez-vous avec le conseiller qui vient d'entrer.

– Oui, ce serait pour quelle démarche ?

– Heu, pour ouvrir un compte courant.

– Je peux vous en ouvrir un maintenant, mademoiselle, vous n'avez pas besoin de rendez-vous pour ça ! a poliment rétorqué le jeune homme en rajustant ses lunettes qui glissaient sur son nez sans doute un peu trop gras.

– Je préférerais rencontrer un conseiller ; je compte transférer l'ensemble de mes comptes d'épargne et j'ai besoin de savoir quels sont les placements qui me conviendraient le mieux, ai-je répliqué d'un ton un peu plus sec.

Le réceptionniste n'avait pas besoin de savoir qu'à vingt-deux ans mes économies s'élevaient à un peu plus de 700 euros qui végétaient sur un PEL ouvert à ma majorité.

– Je comprends, mademoiselle. Je peux vous proposer un rendez-vous avec monsieur Hamon demain à 9 h 15, si cela vous convient.

– C'est parfait. C'est bien l'homme qui vient d'entrer, n'est-ce pas ?

– Oui, c'est lui.

L'employé m'a regardée d'un air interrogateur en fronçant les sourcils, et je n'ai pas cherché à épiloguer. Un déjeuner m'attendait.

J'ai donc rencontré Gabriel – monsieur Hamon – le lendemain matin. J'ai eu le temps de me préparer, de me pomponner, de me mettre en valeur tout en ayant l'air naturellement distinguée. Un jean slim bleu foncé, un chemisier cintré couleur ivoire et une paire de bottines.

Il m'a fait entrer dans son bureau à 9 h 15 précises. M'a demandé mon nom, mon prénom, mon adresse, etc. Il a scrupuleusement rempli son dossier en relevant à peine les yeux pour me regarder.

La partie était loin d'être gagnée.

On a parlé compte courant, carte bleue, chéquier, livret de développement durable. Il n'a pas sourcillé quand je lui ai annoncé que ma fortune s'élevait à environ 700 euros.

– Plus les intérêts ! j'ai ajouté en riant.

Il n'a pas souri.

Au bout d'une trentaine de minutes, j'avais épuisé mon stock de questions valables, et il a refermé mon dossier d'un air satisfait.

– Je m'occupe du transfert de vos comptes avec votre banque, vous n'aurez aucune démarche à faire, mademoiselle.

Il a eu l'air d'attendre que je me lève de moi-même pour lui serrer la main et sortir de son bureau.

– Et… Sinon… Vous avez quelque chose de prévu pour ce midi ?

C'était sorti tout seul, par désespoir, dans l'urgence.

– Je vais regarder sur mon planning, mais vous savez, vous n'avez pas besoin d'un rendez-vous pour venir déposer les papiers dont on a discuté…

Tout en parlant, Gabriel a ouvert son agenda en cliquant sur une icône de son bureau.

– Non, je voulais dire… Ça vous dirait qu'on déjeune ensemble ?

Moi d'habitude si sûre de moi, j'en venais à perdre mes moyens. Ma voix semblait presque timide.

Il a relevé la tête et m'a fixée sans un mot, l'air perplexe. J'ai eu tout le loisir de contempler ses yeux verts étonnés. Le silence est devenu gênant, alors je me suis levée en souriant.

– C'était juste une idée comme ça, laissez tomber.

J'ai battu en retraite, il n'a pas bougé.

J'ai ouvert la porte de son bureau, en espérant qu'il allait enfin me retenir. Qu'est-ce que c'était humiliant !

Il n'a rien dit.

La porte vitrée s'est refermée, et j'ai traversé l'agence au pas de course.

– Bonne journée, mademoiselle ! m'a lancé le réceptionniste.

J'ai franchi le seuil de la banque pour me retrouver, enfin, dans la rue. J'ai poussé un long soupir en longeant le boulevard sans me retourner. Quel fiasco !

Au fond de mon sac à main, mon téléphone a sonné. Numéro privé.

– Allô, ai-je répondu froidement.

Ce n'était pas le moment de me proposer un nouvel abonnement Internet ou de me demander de participer à un sondage quelconque.

– Oui.

– Pardon ?

– Oui, ça me dirait de déjeuner avec vous.

Gabriel

– Je n'ai pas envie de commencer par la fin, je voudrais vous parler de Chloé quand elle était encore là, parce que c'est ça le plus dur aujourd'hui. Vivre sans elle. Je me rappelle encore la première fois qu'elle est passée devant moi. Elle a dû croire que je ne l'avais même pas remarquée ; j'ai tout fait pour prendre un air indifférent. La vérité, c'est que je n'en menais pas large. Je n'aurais sans doute jamais osé l'aborder moi-même… Alors quand je l'ai vue entrer le lendemain dans mon bureau, j'ai perdu tous mes moyens. Et lorsqu'elle m'a proposé un déjeuner en sa compagnie, j'ai cru que j'allais me liquéfier sur place. Elle a dû prendre pour de l'indifférence et de la froideur ce qui n'était en réalité que de la maladresse et du trac. C'était le genre de fille qui, par l'assurance qu'elle dégage, fait peur aux hommes. Mais au fil du temps, je crois que j'ai réussi à l'apprivoiser. J'ai percé sa carapace et, sous l'armure hautaine, j'ai découvert une femme tendre et généreuse. Capricieuse et têtue aussi, je ne peux pas dire le contraire…

Gabriel sourit. Il revoit Chloé se coiffer devant le miroir de la salle de bains. Son air appliqué pour réussir à réaliser le chignon parfait, ses soupirs exaspérés à chaque mèche qui refusait de se laisser dompter. « Je n'arriverai jamais à rien avec ces cheveux ! » Sa façon minutieuse d'appliquer son khôl au ras des cils, les lèvres légèrement entrouvertes. Sa manière de le repousser gentiment – mais fermement – quand il profitait de sa concentration pour venir l'embrasser dans le cou. « Laisse-moi cinq minutes, tu vas me faire rater mon trait ! » Sa moue agacée lorsqu'il revenait à la charge. « Un peu de patience, on aura tout le temps après… »

On aura tout le temps…

Et puis son rire, quand elle finissait par céder, avec un seul œil maquillé et cerclé de noir. Son rire lorsqu'elle l'embrassait et qu'il sentait ses dents contre ses lèvres. Son rire quand elle lui sautait dans les bras et nouait ses jambes autour de sa taille pour le laisser l'emmener où il en avait envie.

Son rire.

Gabriel serre les dents, machinalement. Il ne regarde personne, il est comme perdu dans ses souvenirs. Puis, d'un seul coup, il semble revenir à la réalité. Il relève la tête et réalise que tous les regards sont braqués sur lui. Voilà, il s'est livré à des inconnus. Il n'a pas tout raconté, bien sûr, mais il a ouvert une brèche. Il se sent en confiance, sans savoir pourquoi.

En tout, ils sont huit. Édith, l'animatrice du groupe. Emma, une bénévole photographe. Et cinq autres « endeuillés » comme lui (il déteste ce mot, mais c'est celui qu'utilise l'association) : Gisèle, une femme proche de la retraite qui vient de perdre son mari. Oscar, un étudiant d'une vingtaine d'années dont la mère s'est suicidée il y a déjà plusieurs années. Michel, un vieux garçon effondré d'avoir perdu son père. Laura, une femme un peu plus âgée que lui, dont le mari vient de perdre la vie dans un accident de moto. Et Marie-Hélène, une mère qui pleure son fils emporté par une leucémie à seulement dix-sept ans.

Édith leur a expliqué le fonctionnement : une réunion par mois pendant un an, chacune étant consacrée à un thème particulier. Les participants s'engagent à venir à toutes les séances, par respect envers les autres endeuillés. Tout ce qui sera dit dans le groupe restera au sein du groupe. Chacun est libre de parler ou non, mais tous doivent écouter sans juger.

Emma leur propose un projet d'album photo souvenir, et Gabriel réalise que parmi toutes les affaires qu'il a rangées il n'a même pas songé à feuilleter les albums qui se trouvent dans la bibliothèque du salon.

Les participants se présentent tour à tour, ils racontent succinctement qui ils ont perdu et chacun allume une bougie qu'ils souffleront à la fin de la séance. Certains pleurent. D'autres, sous l'effet du stress sans doute, ont l'air de réciter des lignes apprises par cœur. Gabriel pensait en dire le moins possible, mais il se retrouve à replonger presque huit ans en arrière en racontant, nostalgique, sa première rencontre avec Chloé.

C'est au tour de Marie-Hélène de prendre la parole, hésitante, tremblante. Gabriel a presque envie de lui prendre la main. Les mots ne sortent pas, l'émotion est trop forte.

– Ce n'est rien, murmure Édith. Prenez le temps qu'il vous faut, il n'y a aucune urgence. Et si vous n'avez pas envie de parler tout de suite, vous pourrez prendre la parole quand vous le souhaiterez…

Les regards se font compréhensifs et encourageants, et Marie-Hélène soupire, comme si ses épaules étaient brusquement déchargées d'un poids trop lourd à porter.

– Sacha est parti il y a trois mois déjà.

Elle secoue la tête et fait entendre un petit rire triste.

– Quand je dis qu'il est parti, je veux dire qu'il est mort.

Le mot flotte dans les airs, pesant.

– Après des mois de traitements et de souffrance, la première réaction que j'ai eue quand il a fermé les yeux, dans son lit d'hôpital, ç'a été d'être soulagée. Soulagée pour lui bien sûr, mais aussi soulagée pour moi. L'insupportable attente était enfin terminée. Je me suis sentie horrible… Et depuis trois mois, c'est comme si j'étais sous l'eau. Les poumons prêts à exploser, le silence et l'obscurité tout autour de moi. L'envie de hurler, et l'impression de me laisser couler, lentement mais sûrement. Je me dis qu'à un moment je vais toucher le fond, et que je pourrai alors peut-être enfin remonter à la surface… Mais je continue de sombrer, encore et encore.

Gabriel regarde Marie-Hélène, qui s'est interrompue. Les mots qu'elle vient de prononcer pourraient être les siens. Et sans doute ceux de toutes les personnes assises comme lui autour de la table ovale. Il croise le regard d'Emma, assise en face de lui. Elle esquisse un sourire, mais il voit bien qu'elle a les yeux rouges.

Il entend, comme venant de très loin, Édith qui reprend la parole.

– Merci à tous d'avoir créé ce cercle de confiance, d'avoir accepté d'écouter et de partager votre douleur. Vous allez à présent pouvoir souffler votre bougie, au moment où vous le souhaiterez… La prochaine séance sera consacrée au thème du souvenir. Je voudrais que pendant le mois qui va s'écouler, vous réfléchissiez aux souvenirs les plus heureux que vous avez de la personne qui vous a quitté…

Gabriel souffle sur la flamme qui vacille puis s'éteint. Il caresse le prénom de sa femme, écrit à la craie sur le petit bougeoir en ardoise.

Il sort dans l'air frais de la nuit et allume une cigarette sous le porche du bâtiment, à l'abri du vent. Chloé serait furieuse de savoir qu'il a recommencé à fumer. Il a pourtant des circonstances atténuantes. *Ce n'est pas une raison !* Il entend presque sa voix emplie de reproches.

La photographe sort de la salle et passe devant lui, ses clés de voiture à la main. Elle se retourne et lui lance :

– Alors, vous l'avez retrouvé ?

Gabriel la regarde sans comprendre.

– Votre chien, vous l'avez retrouvé ?

Il reconnaît alors la jeune fille que Chance avait bousculée quelques semaines auparavant.

– Oh, excusez-moi, je ne vous avais pas reconnue… Oui, oui, je l'ai retrouvé, et surtout j'ai appris à tenir une laisse !

Gabriel sourit. Il voudrait poursuivre la conversation et ne pas se retrouver seul avec lui-même, mais il ne sait pas quoi dire à la jeune femme.

– Votre proposition d'album souvenir, ça fonctionnerait comment ? J'ai plusieurs albums photo chez moi, mais je n'ai pas eu le courage d'en rouvrir un seul. J'ai peur d'avoir mal, que ce soit trop tôt, que ça ravive trop de souvenirs…

– Je comprends… L'idée, ce serait de trouver une dizaine de photos de votre femme, de les sélectionner parmi tous les clichés que vous possédez, en fonction de ce qu'ils représentent pour vous. Je peux les retravailler pour obtenir une sorte d'unité… Et à la fin, vous pourrez présenter l'ensemble de la série lors d'une séance du groupe. Mais si c'est trop tôt…

– Je veux le faire, l'interrompt Gabriel. Seul, je n'aurai jamais le courage d'ouvrir tous ces albums.

Emma hoche la tête doucement.

Emma

Quand je sonne à la porte d'entrée, j'entends immédiatement un aboiement, d'abord lointain puis qui se rapproche. Je fais un pas en arrière.

Gabriel entrebâille la porte tout en retenant d'une main le golden retriever qui cherche à se faufiler.

– Entrez, je vous en prie.

J'avance dans le couloir et m'arrête à l'entrée du salon. Gabriel m'indique le canapé, et je remarque la pile d'albums sur la table basse.

Pendant une heure, nous parcourons ensemble les pages, et je vois huit années défiler sous mes doigts. Gabriel parle peu, il se contente d'arrêter parfois ma main pour me montrer une photo, me raconter une anecdote. De temps en temps, il choisit d'en décrocher une de la page noire où elle est collée ; délicatement, il passe son index sous chacun des quatre angles et retire le cliché qu'il a sélectionné.

À la fin, il en a déposé huit sur la table basse.

Un portrait en gros plan de Chloé qui doit dater du début de leur relation, elle semble avoir une vingtaine d'années. Elle sourit, la tête inclinée sur son épaule.

Une photo d'eux deux que Gabriel a dû prendre lui-même, la main tendue. Il fixe l'objectif d'un air sérieux tandis que Chloé l'embrasse sur la joue en riant.

Chloé à la mer, qui marche au loin, les pieds dans l'eau. Je ne peux m'empêcher de remarquer la qualité du cadrage. La jeune femme est à droite, et les vagues défilent sur sa gauche.

Chloé qui souffle ses bougies d'anniversaire, vingt-cinq petits bâtons lumineux plantés dans un énorme gâteau à trois étages.

Encore un gros plan d'elle en train de faire une grimace à l'objectif. Les cheveux dans les yeux, elle louche délibérément en faisant une bouche de lapin. Un peu floue.

Une photo de Chloé en sueur, après une course, apparemment. Elle porte un débardeur noir avec des bandes jaune fluo, ses cheveux sont attachés en queue-de-cheval. On voit qu'elle est à bout de souffle, et elle tend la main vers l'objectif pour ne pas être prise en photo.

Bien sûr, Chloé en robe de mariée. Une robe bustier qui met en valeur sa poitrine et ses épaules mates. Concentrée, elle se contemple devant un miroir en pied, rajuste une mèche de cheveux. Dernier moment d'intimité avant la cérémonie. Probablement capturé par le photographe du mariage.

Et enfin, une photo d'elle endormie. Un moment volé. Ses longs cheveux s'étalent sur l'oreiller, on distingue à peine son visage.

Je me sens comme une intruse.

Gabriel regarde encore une fois les clichés, puis me les tend d'un air satisfait.

– Ça vous semble possible d'en faire une série noir et blanc ? Quelque chose d'assez contrasté ?

J'acquiesce. Je pourrais les scanner et les retravailler rapidement. Je me lève, range les photos dans ma sacoche et m'apprête à partir.

– Il est bientôt midi et demi, ça vous dirait qu'on commande des sushis ? Enfin, si vous aimez ça, évidemment. Sinon, une pizza ? J'aimerais bien me changer les idées…

– Va pour les sushis. Mais par contre, on peut peut-être se tutoyer, non ?

Gabriel sourit.

Quarante-cinq minutes plus tard, nous sommes attablés dans la cuisine américaine, assis sur des anciens tabourets de bar, probablement récupérés dans une brocante. Gabriel me demande si cela fait longtemps que j'habite à

Saint-Malo, et je lui raconte mon périple depuis Arles.

Il me parle de ce qu'il aime de la Bretagne, la région où il a grandi. Les paysages contrastés, le vent parfois si violent qu'on croit vraiment pouvoir s'envoler, les heures passées en solitaire sur la plage avec son cerf-volant.

Je l'écoute parler, me contentant de hocher la tête de temps en temps pour qu'il poursuive son récit. Chance s'est couché sur le sol carrelé, près de son maître. Lui aussi semble attentif à ne pas troubler ce moment serein.

Pas une fois Gabriel ne prononce le nom de Chloé.

7.

Août 2013

Chloé

Ce chien se croit vraiment chez lui, à présent. Au départ, il dormait bien sagement dans un panier que Gabriel lui avait installé dans la cuisine. Mon mari avait même ajouté un vieux plaid pour que ce soit plus confortable pour le gentil toutou.

Mais maintenant, monsieur a pris ses aises. Il grimpe sur le canapé quand Gabriel regarde la télévision, il ose même traîner à l'étage. La prochaine étape, c'est qu'il dorme dans notre lit.

Il laisse ses poils partout, et Gabriel ne semble pas le moins du monde incommodé.

« Chance ». Non mais quelle ironie !

Si je pouvais étrangler Geoffrey pour avoir eu cette idée stupide, je le ferais avec une joie indéfinissable.

« Je sais que tu as toujours rêvé d'avoir un chien ! »

N'importe quoi. Gabriel n'a jamais rêvé d'avoir un chien. Je l'aurais su, quand même. Si on avait eu une conversation sur le sujet, je m'en serais souvenue.

On avait des rêves bien plus grands qu'aller promener tous les soirs un labrador et ramasser ses poils sur le canapé.

Une fois, on avait dressé la liste de tout ce qu'on aimerait avoir d'ici nos trente ans. Nos projets à court et moyen terme. On y avait passé la soirée, autour d'un dîner indien.

Avoir un chien ne faisait pas partie de la liste.

De mémoire, il y avait : acheter un appartement en région parisienne (et on s'était retrouvés quelques années après avec une maison, louée, à Saint-Malo…).

Visiter New York (notre voyage de noces).

Avoir le plus beau des mariages, dans un château avec un étang. À défaut, un parc boisé pouvait éventuellement faire l'affaire.

Gabriel avait évoqué, d'un ton interrogateur, la possibilité d'ajouter un enfant à la liste, mais j'avais ri.

– Avant nos trente ans ? Mais on a tout le temps d'avoir des enfants plus tard ! On a des tas de choses à vivre, avant ça !

Gabriel avait répondu « Oui, bien sûr, tu as raison… » et nous n'en n'avions plus reparlé. Quelle drôle d'idée.

J'avais ajouté : faire un saut en parachute. Avec ou sans Gabriel.

Et bien sûr, avoir suffisamment d'argent pour que ce ne soit jamais un frein à nos projets.

Finalement, en quelques années, on avait réalisé la plupart de nos objectifs. À part être riche, mais ça, ça relevait plus d'un rêve que d'un véritable projet. Du moins, c'est ce que j'avais fini par conclure.

J'ai trente ans aujourd'hui. Bon anniversaire, Chloé.

Je commence à en avoir assez de regarder Gabriel continuer à vivre, alors que moi, je suis coincée. À attendre, encore et encore. Ce n'est pas une vie, ni une mort d'ailleurs.

C'est peut-être de mauvais goût, mais ce qui me manque le plus, c'est de pouvoir nager dans la mer. Pouvoir me concentrer sur mon souffle régulier, sur le va-et-vient des vagues, sur les battements de mon cœur qui résonnent sous l'eau.

La course à pied, aussi. Mettre mon MP3 à fond et laisser mes jambes avaler les kilomètres les uns après les autres. Sprinter sur Stromae, ralentir sur Radiohead, tenir sur Christine and the Queens. Doubler les joggers du dimanche et saluer d'un air entendu les coureurs réguliers. Sentir au bout d'une heure la douleur apaisante dans tous mes muscles.

Le sport m'a toujours canalisée, et aujourd'hui je me retrouve démunie. Je voudrais sortir d'ici, sortir de moi-même et sentir à nouveau l'air frais sur mon visage.

Je me sens comme un lion en cage.

Gabriel vient de partir au travail.

Chance monte lentement l'escalier de notre maison et se dirige vers notre chambre. Sans hésiter, il grimpe sur notre lit encore défait. Il tourne sur lui-même, puis se pelotonne dans la couette roulée en boule.

Ce clébard me nargue.

Gabriel

– Salomé, reviens ici immédiatement ! Gare à toi si je dois venir te chercher !

La mère soupire, elle semble à bout de nerfs. Une fillette d'environ trois ans passe devant le banc où est assis Gabriel. Deux couettes blondes qui s'agitent au rythme des petits pieds en sandales qui courent, espérant ne pas être rattrapés.

– Tu m'entends, Salomé ? C'est la dernière fois que je t'emmène au toboggan...

La jeune femme brune abandonne sa poussette quelques instants, juste le temps d'aller chercher sa fille et de la saisir par le bras. La petite gémit, elle n'a évidemment pas envie de partir.

Les deux silhouettes s'éloignent du parc de jeux.

– Ça fait longtemps que tu m'attends ? demande Emma en s'asseyant sur le banc.

Elle dépose son éternelle sacoche noire et fait la bise à Gabriel.

– Non, je ne crois pas. De toute façon, j'ai l'habitude de venir ici seul, tu sais. Je m'assois et je regarde les enfants jouer, je trouve ça apaisant.

– Tu trouves que les hurlements, c'est apaisant ? plaisante Emma.

Gabriel ne répond pas. Il aime regarder les enfants jouer, crier, tomber, se relever, grimper, sans jamais s'arrêter pour respirer. Les enfants des autres.

La perspective d'un enfant à lui, un enfant qu'il pourrait accompagner au toboggan, pousser à la balançoire, consoler après une chute, s'est évaporée avec la mort de Chloé. Il a passé des années à attendre, patiemment, que sa femme partage le même désir que lui. Sans aigreur, sans amertume. Un enfant, ça se fait à deux, et comme il aimait Chloé plus que tout, il était prêt à l'attendre. Il était patient. Il avait confiance.

Mais aujourd'hui... Qu'est-ce qu'il lui restait ?

Le traiteur qu'il avait engagé pour les trente ans de sa femme avait sonné hier après-midi à la porte, et Gabriel s'était retrouvé avec un buffet pour quarante personnes. Il avait tout payé en début d'année et, s'il avait décommandé le mois dernier les invités et le DJ, il avait complètement oublié le traiteur. Devant la montagne de saumon fumé, de roast-beef froid, de salade de pâtes aux noix de Saint-Jacques, de taboulé et autres, il s'était senti un peu perplexe. Il en avait mis une infime partie au congélateur, puis en avait apporté à ses parents – son père serait ravi de manger la même chose toute la semaine.

Il avait appelé Geoffrey, qui était parti en vadrouille pour le week-end avec une de ses nouvelles conquêtes probablement rencontrées sur Adopte un mec.

Il avait questionné Chance du regard, mais celui-ci n'avait été d'aucune aide.

Alors il avait appelé Emma et l'avait invitée à venir passer la soirée avec lui. La jeune femme lui avait dit qu'elle n'avait pas eu le temps d'avaler quoi que ce soit de la journée parce qu'elle avait suivi pendant des heures un enterrement de vie de jeune fille interminable – brunch le matin, puis jeu de piste à travers la ville, cours de lap dance, cours de cocktail, pour finir par un hammam en fin de journée, auquel Emma n'avait pas participé puisqu'elle n'y aurait été d'aucune utilité. Gabriel avait ri à la description qu'Emma lui avait faite de sa journée de photoreportage, et avait ajouté que si elle mourait de faim cela tombait bien puisqu'il avait de quoi nourrir tout un régiment.

Emma n'avait pas posé de question sur l'origine de cette livraison gargantuesque, et c'est une des choses qu'il appréciait chez elle. Sa discrétion.

Depuis qu'elle était venue un peu plus d'un mois auparavant pour la sélection de photos de Chloé, ils s'étaient revus à plusieurs reprises et, à la grande surprise de Gabriel qui avait toujours été quelqu'un de très réservé, voire timide, Emma était devenue une amie, et même une confidente.

Il lui avait fait découvrir les endroits qu'il préférait de Saint-Malo : les rochers sculptés à Rothéneuf, le fort du Petit Bé, les remparts qui offraient une vue magnifique sur le port. Emma l'avait suivi comme si elle découvrait tout cela pour la première fois. Elle s'était bien gardée de dire qu'elle avait déjà photographié l'ensemble de la ville sous tous les angles pour l'Office de tourisme.

Emma prend quelques clichés d'enfants au tourniquet, sur le vif. Clic, clac, elle fige le mouvement.

– Alors, qu'est-ce que tu veux faire ?

– Je pensais t'emmener manger une galette dans la meilleure crêperie de la ville.

– Rien que ça ?

– Rien que ça, répond Gabriel en souriant.

Emma

Est-ce que je suis en train de tomber amoureuse de Gabriel ? Je n'en ai aucune idée. Je ne suis pas certaine d'avoir envie de me poser la question, de toute façon.

Est-ce que je l'apprécie ? Bien sûr. On est sur la même longueur d'onde, on l'a été dès le début. Tout est facile, comme si on était faits pour s'entendre, comme si on avait été *réunis*. On a les mêmes goûts, le même sens de l'humour. Il aime la simplicité, et je ne suis pas du genre à compliquer les choses. J'adore me décider sur un coup de tête, et il n'a rien contre l'imprévu. Il pourrait être un ami, un meilleur ami, même.

Est-ce qu'il me plaît ? C'est un homme séduisant, c'est indéniable. Surtout qu'il ne semble pas en avoir conscience et qu'il ne fait aucun effort particulier pour être attirant. Et son côté fragile, blessé ne peut que m'attendrir… Il me rappelle parfois les moineaux qui se cognaient contre la grande baie vitrée du salon à la maison. Après les avoir récupérés sonnés, je les déposais avec précaution dans un vieux carton à chaussures rempli de coton. Puis je restais là, à les surveiller jusqu'à ce qu'ils ouvrent un œil, jusqu'à ce qu'ils aient retrouvé assez de force pour s'envoler à nouveau. Je sais que Gabriel ne restera pas longtemps au fond du carton. Il est sérieusement amoché, c'est vrai, mais il est du côté de la vie.

Est-ce que je m'attache à lui ? Plus que je n'avais prévu de m'attacher à qui que ce soit en venant m'installer ici.

Est-ce que cela remet en cause mes projets ? Pas le moins du monde. Notre « relation » ne pourra sans doute durer que quelques mois, avant que je parte définitivement de ce pays trop petit pour mes rêves…

De son côté, je ne saurais dire ce que je représente pour lui, ce qu'il attend de moi, de nous.

Je n'ai pas l'impression d'être une simple bouée de sauvetage à laquelle il se raccrocherait pour traverser son deuil. Je pense être plus que ça. Il apprécie d'être avec moi, même si je vois bien que parfois il se fige, sans doute happé par un souvenir qui s'impose brusquement à lui.

Je ne parle presque jamais de sa femme, et de son côté il l'évoque très rarement en dehors du groupe de parole.

On fait de longues balades avec Chance, on dîne au restaurant, on contemple d'un air faussement dégoûté les tourteaux et les araignées de mer au marché. Assis sur le sable au milieu des touristes, on s'amuse à imaginer leurs vies.

– La femme en maillot de bain rose fuchsia n'accompagne pas son mari dans l'eau parce qu'elle n'a jamais osé lui avouer qu'elle ne sait pas nager.

– Ou alors elle est peut-être simplement frileuse. Elle rêve d'aller passer l'été sur la Côte d'Azur, mais comme ses parents à lui habitent Saint-Malo, il n'envisage pas une seconde de partir ailleurs en vacances.

– Ou bien ils ont fait la fête toute la nuit. Elle a dansé jusqu'au petit matin, enchaînant les coupes de champagne, et aujourd'hui elle a la gueule de bois.

– C'est plausible, vu qu'elle a des lunettes de soleil. À moins qu'elle les porte justement parce qu'il y a du soleil…

J'affiche une mine exagérément sceptique.

– Franchement, ça me semble beaucoup moins crédible.

Gabriel rit et lève les mains devant lui, comme s'il s'avouait vaincu. Avec entrain, il cherche du regard un autre vacancier dont on pourrait inventer la vie. Je l'observe du coin de l'œil, ravie de le voir afficher un air aussi insouciant.

Je sais que je rends son quotidien plus léger, que je le tire vers le haut, lui qui est encore trop souvent englué dans les souvenirs et la nostalgie. Je sais qu'il lui faut du temps, qu'il ne faut pas le brusquer, que je dois prendre les choses comme elles viennent. Que je ne peux pas le *sauver*. Que je dois me contenter d'être là et de l'épauler, sans trop prêter attention à ce que je commence à ressentir de mon côté.

Samedi, il me suit au mariage que je dois photographier. Il n'a rien de prévu pour le week-end, et quand je lui propose en plaisantant de m'accompagner, il saute sur l'occasion. Après lui avoir prêté mon reflex de secours et montré les bases de la prise de vue, je le présente au couple comme mon stagiaire, et personne ne semble le moins du monde étonné.

Nous suivons tous les deux la mariée qui va enfiler sa robe avec l'aide de ses demoiselles d'honneur, et j'explique en chuchotant à

Gabriel que l'essentiel, c'est d'arriver à se faire oublier des personnes qu'on photographie, pour qu'elles restent les plus spontanées possible. Il ne s'agit pas de prendre un maximum de clichés en espérant en avoir un ou deux de bons après, mais de réussir à saisir discrètement *le* moment intéressant.

La mariée descend ensuite l'escalier de la maison familiale pour retrouver son époux, qui l'attend en costume blanc sur le perron. Je prends quelques photos du couple s'embrassant. Gabriel reste immobile à côté de moi.

– Tu ne photographies pas ?

– Photographier quoi ? Le couple qui pose avec un sourire crispé ? Le baiser qui n'a rien de spontané ?

Gabriel me regarde d'un air perplexe. Il ne comprend pas que les clients m'engagent justement pour ces photos convenues.

Ensuite, c'est la classique cérémonie à la mairie, puis à l'église. La signature des registres, la sortie de la petite église bretonne sous les bulles de savon qui remplacent la désagréable pluie de grains de riz. Le vin d'honneur, où j'essaye, Gabriel sur mes talons, de prendre un portrait de chaque invité, ainsi qu'une gigantesque photo de groupe. Il y a au moins deux cents invités, et rassembler tout ce petit monde est un vrai défi. J'escalade tant bien que mal le mur qui entoure le jardin privé dans lequel se déroulent les festivités, car il faut que je prenne une photo en plongée si je veux que tout le monde tienne dans le cadre. Je confie à Gabriel la tâche ingrate de regrouper tous les invités sur la pelouse. Avec les mariés au centre, bien évidemment. Enthousiaste, il part s'adresser aux petits groupes qui se sont formés, chacun discutant une coupe de champagne à la main. En moins de dix minutes, il réussit à rassembler les deux cents personnes dans le cadre de la photo que je veux faire.

Je suis impressionnée. Je lève mon pouce dans sa direction, et il se contente de hausser un sourcil, ce qui semble signifier : « Je ne vois pas ce qu'il y avait de si compliqué ! »

– On lève tous les mains en l'air, attention, un, deux et troiiiis !

Une bonne chose de faite. Les invités repartent immédiatement en direction du buffet, il faut croire qu'une telle expérience les a affamés.

Gabriel me tend la main pour que je redescende du mur sans risquer d'abîmer mon appareil photo. Quand ma paume se retrouve au creux de la sienne, mon ventre se serre.

8.

Septembre 2013

Chloé

Gabriel semble plus serein. Il ne pleure plus, a cessé de passer des musiques déprimantes en boucle et ne reste plus des heures assis sur le canapé. Le changement s'est amorcé petit à petit, mais le résultat est là. Il n'*erre* plus.

Se pourrait-il qu'il m'oublie déjà ? Serait-il capable de zapper huit ans de vie commune en à peine quatre mois de temps ?

Il s'absente le week-end, rentre régulièrement tard en semaine.

Il lui arrive parfois de *chantonner* sous la douche, le matin. Même le chien le regarde d'un air étonné.

Est-ce que Gabriel pourrait penser à quelqu'un d'autre que moi ? Est-ce qu'il confond aller de l'avant avec passer à autre chose ?

Je refuse de croire que cette petite photographe qui passe de temps à autre à la maison soit l'explication de cette évolution.

Ça ne peut pas être elle, ma rivale. Elle ne me ressemble en rien.

On dirait un garçon manqué, déjà. Des cheveux courts dont elle ne peut rien faire de féminin. Pas de maquillage : ni fard à paupières, ni rouge à lèvres. À sa place, je n'oserais même pas mettre le nez dehors.

Deux grands yeux bleus qui lui mangent le visage. Disproportionnés comme ceux des filles dans les mangas japonais.

Elle est mince, limite maigre. Pas de poitrine. Il n'y a que ses hanches qui la sauvent un peu. Mais pas de quoi en faire un plat.

Quant à ses tenues, de ce que j'ai pu voir, elle aurait tout à apprendre ; ce n'est pas avec une vieille paire de Converse bleu jean qu'on séduit un homme.

Avec son appareil photo en permanence autour du cou, elle a l'air de croire dur comme fer qu'elle est la réincarnation de Doisneau. Je dis Doisneau parce que c'est le seul photographe qui me vienne à l'esprit. C'est vrai, des photographes célèbres, il n'y en a pas des masses, si ?

Étrange qu'elle n'ait jamais songé à participer à une émission de relooking.

D'accord, elle fait *rire* Gabriel. Quel exploit. Elle le distrait, lui change les idées. Mais de là à imaginer autre chose, non. Impossible !

Je serais vexée.

Malgré tout, il se passe quelque chose.

J'entends Gabriel siffloter en passant l'aspirateur.

Il est temps d'agir. De faire ce que ferait n'importe qui dans ma position.

Déplacer des objets, allumer la platine CD au milieu de la nuit, bref, me rappeler au bon souvenir de mon mari.

Gabriel

Emma veut plus qu'une simple amitié, il le sent. Il l'a peut-être même su dès le début, mais c'était plus simple de se mentir un peu.

Il voit les regards appuyés quelques secondes de trop, les sourires timides, l'attente dans les phrases qu'elle ne termine pas toujours. Il ne sait pas quoi en penser, et, au fil des mois, il comprend qu'il va lui falloir être honnête avec lui-même. Et avec elle.

Bien sûr, Emma lui plaît. Physiquement, elle n'a rien à voir avec Chloé, mais c'est le genre de fille fragile sous un air faussement bravache, le genre de femme qu'on a envie de protéger. Il sait qu'il pourrait la nicher au creux de ses bras, comme un chaton abandonné. Elle semble forte et rebelle, clame qu'elle veut voir le monde et qu'elle n'a pas d'attaches, mais il sent la faille derrière cette armure qu'elle s'est construite.

Est-ce qu'il a envie de percer cette carapace ?

Oui, Emma lui plaît. Son côté femme-enfant est attirant. Ses grands yeux bleus innocents, sa coupe de cheveux à la garçonne, sa façon de froncer le nez d'un air boudeur lorsqu'elle est agacée. Tout ça réveille quelque chose d'étrangement familier au creux de son ventre, mais il refuse de s'y attarder.

Car Gabriel n'est pas le genre d'homme à tromper sa femme. Même si elle est morte. Et Chloé n'était pas le genre d'épouse qui aurait apprécié d'être remplacée aussi vite. Elle ne lui accorderait certainement pas sa bénédiction si elle voyait ce qui se passe depuis quelques mois.

Et pourtant… Avant l'arrivée d'Emma dans sa vie, il se laissait mourir à petit feu, il faut bien le reconnaître. Il n'avait plus de but, plus d'envie, il attendait seulement que les heures puis les jours défilent.

Sa légèreté, son insouciance et sa capacité à tout regarder d'un œil émerveillé lui font du bien.

La sonnette de la porte d'entrée retentit, et Chance se lève en aboyant. Gabriel découvre le facteur sur le pas de la porte.

– Un colis pour vous. Je peux avoir une petite signature ?

L'employé de la poste ne le regarde même pas, sa tournée est loin d'être terminée et il n'a pas une minute à perdre en bavardages. Gabriel appose rapidement sa signature sur la machine noire que lui tend l'homme moustachu puis prend le paquet qui lui revient.

Une fois au salon, il ouvre l'enveloppe cartonnée et découvre le dernier roman d'Amélie Nothomb. Une photo de l'écrivain en noir et blanc, avec son nom en rose bonbon. Il n'a jamais commandé ce livre. Intrigué, il ouvre la facture pliée en deux et découvre qu'elle est adressée à Chloé. Elle avait dû le précommander sur Internet, pour être sûre de l'avoir dans la boîte aux lettres dès sa parution.

Gabriel feuillette l'exemplaire qui sent le neuf. Chloé ne lira jamais le dernier livre de son auteure préférée. Sa femme avait l'habitude, chaque année – puisque la romancière sort un bouquin par an, avec une régularité qui ne correspond pas à l'idée que Gabriel se fait d'un écrivain –, de lire en une soirée, dans son bain, la dernière œuvre d'Amélie Nothomb. C'était devenu une sorte de tradition.

D'un seul coup, Gabriel se sent morose. La tristesse et la nostalgie reviennent s'abattre sur lui, et il ne lutte pas.

Il déteste les bains – et Amélie Nothomb. Il a toujours trouvé que ses romans se suivaient et se ressemblaient. La romancière avait trouvé le filon, et si elle avait bien raison de l'exploiter, il ne comprenait pas que ses lecteurs ne s'en rendent pas compte.

Chloé n'était évidemment pas d'accord. Elle avait a-do-ré la quasi-totalité de ses livres.

Dès que la romancière venait faire une séance de dédicaces dans une librairie, Chloé notait la date dans son agenda, quitte à annuler des rendez-vous ou à prendre une journée de congé. Il y a plusieurs années déjà, Gabriel l'avait accompagnée à l'occasion de la venue de son idole au Virgin des Champs-Élysées. Il n'avait pas anticipé qu'autant de fans attendraient de pied ferme pour quelques gribouillis faits à la va-vite. Chloé était de plus en plus excitée à chaque pas qui la rapprochait de l'écrivaine. Gabriel, lui, se souvenait surtout de ses pieds en charpie à force de piétiner.

– Tu n'es pas obligé de faire la queue avec moi, tu sais. On peut se rejoindre dans un café plus tard, si tu veux !

– Non, ça me fait plaisir de rester avec toi. J'espère seulement que l'attente vaudra le coup, avait soupiré Gabriel.

Lorsque enfin ils étaient arrivés à hauteur de la table où Amélie Nothomb signait à la chaîne ses romans, cette dernière avait saisi l'exemplaire de *Ni d'Ève ni d'Adam* que Chloé lui tendait timidement, et, sans lever les yeux, avait jeté :

– Je mets quoi, comme prénom ?

La jeune femme avait murmuré « Chloé » et récupéré bien vite l'autographe tant attendu. « Pour Chloé », suivi d'une signature représentant vaguement un A et un N entrelacés.

Une femme rousse qui se tenait derrière eux en soufflant ostensiblement avait légèrement poussé Gabriel pour qu'ils continuent d'avancer et cèdent la place, aussi Chloé avait-elle rapidement glissé son livre dans son sac à main.

Gabriel n'avait pas bougé. Debout devant la romancière qui attendait le prochain exemplaire à dédicacer, il avait lancé :

– Alors, c'est tout ? On fait la queue pendant des heures pour ça ? Ma copine connaît presque par cœur chacun de vos romans et elle ne mérite que ces pattes de mouche griffonnées en moins de temps qu'il n'en faut pour le dire ?

Il s'était soudainement senti très en colère pour Chloé, il était déçu à sa place, alors qu'elle-même était ravie d'avoir simplement pu passer devant son écrivain préféré. La jeune femme l'avait brusquement tiré par la manche, honteuse de son attitude, et il lui avait emboîté le pas docilement, non sans lancer un regard noir au vigile imposant qui s'était rapidement approché d'eux.

– Excusez-le, il ne sait pas ce qu'il dit… Merci beaucoup pour la dédicace, avait souri Chloé en esquissant une sorte de révérence à l'intention de la romancière interloquée.

Une fois dans la rue, elle avait marmonné :

– L'année prochaine, je me passerai de toi. Tu as été tellement malpoli, alors que s'il y a une auteure qui s'intéresse à ses lecteurs, c'est bien elle ! Je ne sais même pas pourquoi je t'ai emmené…

Puis, au bout de quelques minutes de marche en silence, elle avait fini par sourire à Gabriel d'un air complice.

– Franchement, t'es pas sortable... Mais je suis sûre qu'elle se souviendra de moi, grâce à toi ! Peut-être même que sa prochaine héroïne s'appellera Chloé, qui sait...

Au souvenir de cette scène, Gabriel pousse un long soupir. Combien de romans Chloé va-t-elle manquer ? Combien aurait-elle pu en dévorer si tout ne s'était pas arrêté brutalement, injustement ?

Il se lève, le roman à la main, et monte l'escalier jusqu'à la salle de bains. Il met le bouchon dans la baignoire et y fait couler de l'eau brûlante. Il retire sans la déboutonner sa chemise, enlève son jean et son caleçon.

Il enjambe le bord de la baignoire, s'allonge et met la tête sous l'eau. Tout devient silence. Il reste là jusqu'à ce que ses poumons n'en puissent plus.

Il essuie ses mains sur la serviette posée à côté du lavabo puis attrape le roman. Il s'installe confortablement et, bercé par le bruit de l'eau qui coule et remplit peu à peu la baignoire, commence à lire.

Emma

Tout avance trop lentement. Parfois, j'ai l'impression que Gabriel et moi sommes faits pour nous entendre, et parfois il me semble glacial. Il peut être attentionné et, d'un seul coup devenir distant, comme hors d'atteinte.

Hier, on était en voiture et tout se passait à merveille. Il me ramenait après un dîner rapide dans une petite brasserie et me racontait ce qu'il aimait dans son travail, essayant à tout prix de me convaincre que son métier était loin d'être aussi rébarbatif et monotone qu'on pouvait le croire.

J'ai appuyé machinalement sur le bouton de la radio et un CD s'est enclenché. *Send Me An Angel* de Scorpions a empli l'habitacle de la voiture.

Gabriel s'est interrompu au milieu de sa phrase, comme s'il avait perdu le fil de ses pensées.

– Tout va bien ?

Il est resté silencieux. Après quelques secondes interminables, et alors que je cherchais ce que j'avais bien pu dire de déplacé, il a éteint l'autoradio.

Et il n'a plus prononcé un mot de tout le trajet, se contentant d'un « Bonne nuit, Emma » une fois arrivés en bas de mon studio.

C'est à n'y rien comprendre.

Je vis à cent à l'heure, et je n'ai pas envie d'attendre quelqu'un qui passe son temps à faire un pas en avant puis trois en arrière.

Ce mois-ci, la séance du groupe de parole est consacrée à la culpabilité. Chacun a dû faire la liste de ce pour quoi il se sentait coupable, et Édith essaye de travailler sur ce sentiment, d'alléger les endeuillés.

Oscar parle longtemps. Sa mère s'est suicidée quand il avait seize ans. Elle était dépressive depuis plusieurs années, mais personne n'avait compris que ce mal-être s'intensifiait. Elle avait fini par avaler plusieurs boîtes de somnifères et d'anxiolytiques, et c'est Oscar qui l'avait découverte en rentrant du lycée. Il était rongé par la culpabilité, et il était évident que les reproches qu'il se faisait depuis quatre ans l'empêchaient d'avancer.

– Je m'en veux de n'avoir rien vu… Ou plutôt d'avoir vu mais de n'avoir rien fait, par habitude. J'ai l'impression d'avoir toujours connu ma mère dans cet état d'apathie. Je ne l'ai jamais vue enthousiaste pour quoi que ce soit, et j'ai cru que c'était normal… Je m'en veux d'être rentré trop tard ce jour-là, de n'avoir pas pu la ranimer. Je m'en veux de n'avoir pas suffi à la rendre heureuse, de n'avoir pas été un assez bon fils, qui lui aurait donné envie de rester sur terre…

L'atmosphère est pesante quand Oscar arrête de parler. On entend juste ses pleurs discrets, qu'il tente d'étouffer par fierté. Je sens qu'il s'est ouvert. Il a livré quelque chose qui était probablement bloqué en lui, quelque chose qu'il n'avait jamais confié à personne avant ce soir.

– Je m'en veux de ne pas avoir été là quand Chloé s'est noyée.

La voix de Gabriel s'élève doucement, c'est presque un murmure.

– Elle est morte et je n'étais pas avec elle. Je ne sais pas si elle a eu peur, si elle a été surprise, si elle a souffert. Je ne sais rien parce que je n'étais pas là. Bien sûr, ce n'est pas bon de ruminer tout ça. Ce n'est pas comme ça que je vais m'en sortir. Mais ma femme est morte et elle était toute seule. C'est ça qui me hante, tous les jours. Qu'elle ait été toute seule, qu'il n'y ait eu personne pour l'aider, la sauver…

Les autres hochent la tête. Tous comprennent ce sentiment d'impuissance. Marie-Hélène, qui s'est absentée une demi-heure de l'hôpital. « Sacha ne m'a pas attendue, il est mort sans que je puisse le tenir dans mes bras. » Laura, qui regrette d'avoir laissé son mari acheter une moto, et oublie qu'elle n'aurait de toute façon rien pu faire. Gisèle, qui a appris la crise cardiaque fatale de son mari au téléphone, alors qu'elle faisait la queue au supermarché. « J'ai quand même pris le temps de payer mes articles, il était trop tard de toute façon… »

Un pas en avant, trois en arrière.

9.

Octobre 2013

Chloé

L'automne arrive à grands pas et je stagne.

Gabriel avance, et je suis coincée.

« Pour le meilleur et pour le pire », avait-il dit.

Mais seulement jusqu'à ce que la mort nous sépare, n'est-ce pas…

Les souvenirs de notre mariage affluent à ma mémoire.

Les mois de préparatifs avant le jour J. Je voulais que tout soit parfait. Que la cérémonie soit la plus belle de toutes, que nos invités en gardent le souvenir du mariage le plus merveilleux auquel ils aient jamais assisté. C'était mon rêve depuis toute petite, quand je me déguisais avec un drap blanc en guise de robe…

Gabriel avait suivi. Ce n'était pas son rêve, mais comme il s'agissait du mien, c'était tout aussi important pour lui. Si je l'avais écouté, on se serait mariés à la mairie avant de faire un barbecue dans le jardin de ma mère…

J'avais choisi comme thème « Nuit étoilée », et Gabriel avait passé des heures à découper avec moi des étoiles dans du papier cartonné, à les peindre en couleur or, avant de déposer des paillettes au pinceau. Le jour du mariage, il avait bien été obligé de convenir avec moi que le résultat était magnifique : j'avais tendu du tissu bleu nuit au plafond de la salle et collé une à une les étoiles scintillantes.

Pour les marque-places, il avait accepté de faire un peu plus de cent cinquante étoiles en origami, sur lesquelles j'avais ensuite patiemment écrit un à un le nom de chaque invité au stylo doré.

On en avait passé, des soirées côte à côte, à parfaire la décoration de notre mariage.

J'avais engagé le meilleur traiteur d'Ile-de-France, choisi le champagne et les vins les plus chers. J'avais supplié Gabriel pour qu'on fasse venir des chanteurs de gospel à l'église. Je l'avais amadoué pendant des jours pour qu'on loue un château avec un grand parc, en insistant sur le fait que j'abandonnais l'idée de l'étang car je savais me montrer raisonnable. Il avait finalement cédé, même si ça ne l'enchantait pas de devoir payer à crédit la majeure partie du mariage.

– Tu ne penses pas qu'il serait préférable de faire un mariage plus modeste et de conserver nos capacités d'emprunt pour acheter une maison dans quelques mois ? avait tenté Gabriel.

Je détestais quand il commençait à parler comme un banquier.

– Je ne suis pas une de tes clientes, chéri. Ce mariage, c'est mon rêve depuis toujours, et je veux qu'il soit éblouissant, qu'on s'en souvienne toute notre vie…

J'avais fait les yeux suppliants du Chat Potté et Gabriel n'avait pas pu me résister.

J'avais tout contrôlé dans les moindres détails, il n'y avait eu aucune place à l'improvisation et encore moins au faux pas. J'avais choisi les textes pour la cérémonie religieuse, relu les discours de nos témoins – si je savais qu'Oriane écrirait quelque chose de tout à fait convenable, j'avais une confiance très relative en Geoffrey… J'avais goûté tous les plats qui seraient servis, fait la liste des chansons à passer et indiqué dans quel ordre au DJ. Évidemment, j'avais été très explicite sur le fait que je ne voulais aucun cadeau bidon du type couverts à salade ou plateau à fromage, mais que Gabriel et moi serions ravis que les invités participent au financement de notre voyage de noces. J'étais allée choisir moi-même dans une boutique spécialisée le couple de mariés en plastique qui ornerait la pièce montée, et avais préparé les cartes de remerciements avant même que le mariage ait lieu. Rien n'avait été laissé au hasard.

Gabriel ne comprenait pas trop le sens de toute cette frénésie, mais il avait décidé que si ça me rendait heureuse, c'était bien là l'essentiel. Il savait que la spontanéité, ce n'était pas mon fort. J'aimais anticiper, prévoir, maîtriser la situation.

La journée avait été parfaite, sans aucune fausse note. À 4 heures du matin, il n'y avait plus que nous. Les invités étaient rentrés, épuisés. Le DJ avait remballé son matériel et nous avait souhaité tous ses vœux de bonheur avant de repartir au volant de sa fourgonnette.

Gabriel et moi nous étions assis dans le parc du château, sous la nuit étoilée.

– Attends-moi ici, d'accord ? Je reviens.

Gabriel était parti en courant.

Il était réapparu quelques minutes plus tard et s'était rassis à côté de moi. Dans ses mains, il tenait une sorte de montgolfière miniature.

– Qu'est-ce que c'est ?

– Une « luciole de ciel ». On va faire un vœu et la laisser s'envoler. Je me suis dit que ça collerait avec ton thème de « Nuit étoilée »…

À cet instant-là, j'avais eu envie de pleurer. Je m'étais contentée de poser la tête sur l'épaule de mon mari.

On avait allumé ensemble le brûleur, et le ballon de papier s'était gonflé sous l'effet de la chaleur. La luciole était montée lentement dans le ciel, et on avait suivi du regard le point lumineux jusqu'à ce qu'il soit hors de vue.

Je crois que c'était le plus beau moment de notre mariage.

Le seul que je n'avais pas prévu.

Il est 7 heures du matin. Dans notre chambre, le réveil sonne.

Je regarde Gabriel se lever, les yeux encore pleins de sommeil. Il avance mécaniquement jusqu'à la salle de bains pour aller prendre sa douche. Il bâille en ouvrant le robinet. Le jet d'eau chaude lui arrive en plein sur la poitrine. Il tend la main pour attraper son shampooing sur le rebord de la baignoire et au passage fait tomber deux flacons de vernis à paillettes. Un jaune vif et un bleu nuit.

Il en ramasse un d'un air perplexe. Il est tout à fait réveillé, à présent.

Je souris.

Bonjour chéri. Je suis encore là.

Gabriel

Ces derniers jours, il se sentirait presque harcelé par sa femme, enfin, par les souvenirs de sa femme, qui surgissent aux moments les plus improbables. Une musique qu'ils aimaient tous les deux passe dans le magasin où il fait ses courses. Un petit mot d'elle sur un Post-it oublié dans le tiroir de la cuisine.

L'écran du téléviseur qui se brouille d'un seul coup, l'obligeant à déplacer le meuble sur lequel il est posé pour accéder aux branchements et vérifier les prises. Après trois minutes d'effort intense, il parvient à décaler le meuble de quelques centimètres, pour trouver par terre une boucle d'oreille, une petite plume argentée que Chloé a cherchée en vain durant des semaines.

Il a envie de hurler. *Laisse-moi tranquille, Chloé !* Comme si elle y était pour quelque chose dans tous ces petits hasards douloureux du quotidien.

Une partie de lui souffle que c'est la culpabilité qui lui joue des tours.

Parce que avant-hier Emma l'a embrassé. Ou bien c'est lui peut-être ?

Ils marchaient en silence le long de la digue, après une soirée agréable au restaurant.

Il voudrait ajouter qu'il avait un peu trop bu, mais ce serait mentir.

D'un seul coup, elle s'était arrêtée, et il s'était retourné d'un air interrogateur. Elle avait planté ses yeux bleus dans les siens, puis attendu.

Un ultimatum sans qu'un seul mot soit prononcé.

Elle n'avait pas baissé les yeux, et il avait soutenu son regard.

S'était rapproché lentement. Avait pris son petit visage entre ses mains, lui avait caressé les tempes.

Oui, c'était lui qui l'avait embrassée. D'abord chastement. Ses lèvres avaient effleuré les siennes, timides. Emma s'était alors dressée sur la pointe des pieds et avait attrapé le col de sa veste. Avait attiré Gabriel à elle tout en le fixant du regard.

Le second baiser n'avait plus rien d'hésitant.

Quand ils avaient repris leur souffle, Emma l'avait questionné du regard. Il l'avait serrée dans ses bras sans un mot.

Et depuis, il n'arrête pas de penser à Chloé. Et à Emma aussi.

Il est perdu. Il est rongé par la culpabilité mais ne peut s'empêcher d'avoir le cœur qui s'emballe en repensant à ce baiser.

Il voudrait téléphoner à Emma mais raccroche avant même la première sonnerie.

Ce matin, il est réveillé aux aurores et rêvasse sous la couette en attendant que le réveil sonne.

Son regard tombe sur le livre posé sur la table de chevet de Chloé. Une des rares choses qu'il n'a pas encore rangées. *Boomerang*, de Tatiana de Rosnay. Il tend le bras pour attraper le roman et lire la quatrième de couverture.

Chloé en était aux trois quarts de sa lecture, d'après le morceau de feuille pliée qui lui servait de marque-page. En feuilletant distraitement le livre, Gabriel fait tomber par inadvertance le petit papier ivoire.

Il le ramasse sur la couette et le déplie, plus machinalement que par curiosité.

Quelques mots, écrits à la hâte au stylo bleu.

I'm glad you came back
Without you I felt so dark
I thought I had lost you
Without you I felt so blue

Ce n'est pas l'écriture de Chloé. Ce n'est pas une écriture féminine, de toute façon.

Gabriel ne connaît qu'une seule personne qui invente des morceaux de mélodie dans un niveau d'anglais à peine plus élevé que celui d'un collégien. Un seul pauvre type qui plaque deux accords sur une guitare sèche en fredonnant des paroles à la noix, toujours sur le même air sirupeux. Un seul pauvre type qui pense qu'il suffit d'avoir vaguement l'air d'un rocker pour que les filles tombent comme des mouches.

Et ce mec-là s'appelle Simon.

Il faut cependant croire qu'il parvient sans difficulté à ses fins, et que ce que Gabriel trouve d'une nullité à pleurer réussit à séduire les femmes en général.

Et Chloé en particulier.

Gabriel serre les dents et chiffonne le morceau de papier jusqu'à en faire une boule qu'il jette à travers la pièce. Il n'est même pas en colère, juste soulagé.

Il reprend son téléphone et compose le numéro d'Emma.

Cette fois, il ne raccroche pas.

Emma

Après avoir embrassé Gabriel, j'ai bien cru qu'il ne me rappellerait jamais. Que j'avais été trop entreprenante, trop impatiente.

Mais mon téléphone a enfin sonné, et j'ai l'impression que quelque chose s'est enfin débloqué. Gabriel accepte d'avancer, avec moi à ses côtés.

Au moment où je n'y croyais plus, on est passé à la vitesse supérieure.

On ne sort plus beaucoup, et de toute façon je commençais à avoir vu tout ce qu'il y avait d'intéressant à Saint-Malo… Il a pris quelques jours de congé, et on est restés quasiment toute la semaine enfermés chez lui.

On a fait l'amour dans chacune des pièces de la maison. Sauf dans sa chambre, dont la porte reste close. On a investi la petite chambre d'amis et le clic-clac un peu râpeux, après avoir essayé le canapé du salon, le plan de travail de la cuisine, le congélateur du cellier, les marches – trop dures – de l'escalier, et la baignoire de la salle de bains.

Ces quelques jours hors du monde sont une parenthèse incroyable. On se découvre, on apprend à se connaître. Avec lui, tout semble si simple.

Je sais, c'est cliché.

J'ai attendu, j'ai été présente, et le moineau semble être enfin sorti de son carton. Gabriel n'est plus le fragile petit être qui suscite l'empathie et la compassion.

Oh que non.

Quand je sens ses bras autour de moi, son souffle sur ma peau, c'est moi qui me sens toute petite. Lorsqu'il me regarde, je ne vois rien d'autre dans ses yeux que son envie d'être là, avec moi, ici et maintenant.

Au bout de quelques jours, il faut bien qu'il retourne travailler. Qu'on revienne à la réalité. Les heures sans lui s'égrènent à une lenteur qui me torture, et je n'ai jamais connu un manque pareil. J'adore cette sensation, cette excitation, et en même temps je la déteste, je ne me reconnais plus. Je surveille mon téléphone, vérifie plusieurs fois par jour que je ne l'ai pas malencontreusement laissé en silencieux ou que Gabriel ne m'a pas envoyé de message. Face à lui, je fais comme si de rien n'était, moi qui découvre pour la première fois de ma vie que l'on peut souffrir d'être heureux.

Bien sûr, je n'avais pas prévu de tomber *vraiment* amoureuse de lui. Cela ne fait que compliquer les décisions que j'ai prises pour réaliser mon rêve, mais j'essaye de ne pas y penser pour le moment. Je compte toujours partir en début d'année prochaine, mais d'ici là il peut se passer encore tant de choses... Qui sait, il pourrait avoir envie de tout plaquer et de me suivre au bout du monde ? Ce n'est pas si fou d'imaginer ça...

Je ne lui ai pas encore parlé de mes projets, il pense qu'être « photographe de guerre », comme il dit, ce n'est qu'un rêve lointain, le genre de rêve qu'on ne réalise jamais. Je n'avais pas envie de me confier à lui dès le début, et maintenant j'ai l'impression que c'est trop tard. On commence à peine à construire une relation, et je m'imagine mal lui annoncer que je songe à quitter la France d'ici quelques mois. Quand on s'est rencontrés, je lui ai pourtant expliqué que mon installation à Saint-Malo n'était que temporaire, que je voulais épargner encore un peu d'argent avant de partir à l'aventure. Mais soit il ne m'a pas crue, soit il a oublié cette conversation. Ou alors il pense que notre histoire va tout changer.

Dans un sens, il n'a pas tort.

Pour l'instant, je me laisse vivre. Je profite de sa tendresse, de sa douceur, de sa gentillesse. Je m'attache à lui, et je préfère ne pas penser à la suite. Il a déjà perdu sa femme, je ne veux pas être la deuxième à l'abandonner en quelques mois de temps…

J'espère que, le moment venu, il ne m'en voudra pas. Qu'il comprendra, qu'il pardonnera.

10.

Novembre 2013

Chloé

J'observe Gabriel attablé avec sa nouvelle conquête dans un café au bas des remparts.

J'ai préféré ne plus rien voir – et surtout ne plus rien entendre – de ce qu'il se passait chez nous ces derniers jours. Tout s'est brusquement accéléré, et, sans même que je puisse faire quoi que ce soit, cette traînée s'est quasiment installée à la maison.

J'enrage. Si je pouvais lui arracher ses grands yeux innocents, je le ferais avec plaisir. Je les ferais sauter avec une petite cuillère, plop, plop. Je lui ferais bouffer son appareil photo, clic, clac.

Je n'en veux pas à Gabriel. Enfin, pas trop. Il est déboussolé, il a besoin d'affection, rien de plus. Il a retiré son alliance, mais de toute façon il n'a jamais aimé la porter. Ça ne veut rien dire.

Mais elle… Je suis sûre qu'elle se croit sincère et amoureuse de lui, cette garce. Elle imagine déjà être la prochaine madame Hamon.

Même le chien l'a adoptée. Elle l'a amadoué à force de caresses sur le ventre et de croquettes.

Le serveur s'approche. Gabriel commande un Coca et un thé Earl Grey. Un thé Earl Grey ! Est-ce qu'il existe une boisson plus ennuyeuse et plus fade que ça ? Pourquoi pas une petite camomille, mademoiselle Je-vole-le-mari-d'une-autre ?

Je les vois se cajoler, se papouiller, se tripoter comme deux adolescents seuls au monde. Ils n'ont même pas honte.

C'est insupportable.

Le serveur revient avec un plateau. Il pose le Coca devant Gabriel et une limonade à la violette devant *l'autre*. Je ne connais même pas son prénom.

Elle lève les yeux et, de son air éternellement étonné, dit à l'employé que ce n'est pas ce qu'elle a commandé.

– Vous en êtes certaine ? demande le serveur en fronçant les sourcils. J'avais pourtant noté un Coca et une limonade à la violette…

– Non, non, j'avais dit un thé Earl Grey !

Elle est perplexe.

– Mais ce n'est pas grave, une limonade, ce sera très bien aussi, ne vous en faites pas.

C'est qu'elle est gentille, en plus. Elle ne veut pas *déranger*.

Le serveur reprend quand même le verre, agacé, et repart au bar.

Gabriel est livide.

La limonade à la violette, c'est ma boisson préférée.

Gabriel

Simon est injoignable. Depuis qu'il a découvert son mot dans le livre de Chloé, Gabriel tente de l'appeler régulièrement mais tombe toujours sur son répondeur. « Salut, c'est Simon. Laissez-moi un message et je vous rappellerai… peut-être ! » Gabriel rit de façon méprisante chaque fois qu'il l'entend.

S'il n'est pas plus en colère que ça, il a malgré tout besoin de connaître la vérité. Est-ce que sa femme le trompait ? Il n'arrive pas à y croire : Chloé n'était pas quelqu'un de fourbe, et il avait vu la culpabilité qu'elle avait traînée pendant des mois et qui avait coïncidé avec la fin de son amitié avec Simon. Et lui-même n'aurait pas pu être aveugle au point de ne rien voir si sa femme avait entretenu une liaison avec ce type, si ?

Ça fait des semaines que Gabriel rumine cette histoire et reste avec ses interrogations. Il finit par décider de laisser tomber. Simon ne répond pas, ne rappelle pas, et c'est peut-être mieux ainsi. Au fond, ça changerait quoi, de savoir ?

Il n'a pas envie de salir l'image qui lui reste de sa femme.

Mieux vaut se consacrer au présent. Et le présent, c'est Emma, pas Chloé.

Quand il est avec elle, il a l'impression de revivre. Elle lui fait oublier tout le reste. Le début d'une relation est toujours magique… Il a envie de se laisser aller. Elle apporte un peu de couleur dans son monde qui est devenu noir et blanc depuis six mois. Six mois déjà…

Il s'attache à Emma, c'est vrai.

Mais au fond de lui une petite voix lui murmure que, s'il pouvait choisir, c'est Chloé qu'il ferait revenir à ses côtés.

Parce que le manque est parfois encore au-delà du supportable, au point qu'il a l'impression de suffoquer. Sa voix, son visage, son odeur. Tout lui revient par flashs aux moments les plus inattendus. La douleur le submerge, oh, pas longtemps, quelques secondes à peine, comme si on lui plantait une lame en plein cœur, comme si on le frappait dans le plexus pour le mettre à genoux. Une décharge de Chloé. Sa main au creux de la sienne, ses cheveux qui s'étalent sur l'oreiller, sa façon de danser avec son MP3 à fond au milieu du salon silencieux.

Il lui arrive de s'avouer que ses souvenirs sont sans doute idéalisés, avec des couleurs bien plus vives qu'à l'origine, avec des émotions plus exacerbées que dans la réalité. « Attention à ne pas sacraliser celui qu'on a perdu », répète Édith.

Mais lorsque les souvenirs s'invitent et envahissent son cerveau, il est incapable du moindre recul. Chloé lui manque, tout en elle lui manque. Il se sent coupé en deux, presque schizophrène.

Au moment où il ouvre la porte pour aller promener Chance, qui lui tourne autour avec impatience depuis une heure déjà, Gabriel tombe nez à nez avec Élise, la réceptionniste du club où travaillait sa femme. Elle danse d'un pied sur l'autre puis lui tend un petit carton d'un air embarrassé.

– Bonsoir… Je sais que j'ai mis le temps, mais voici les affaires que Chloé avait laissées dans son casier. Il était cadenassé, et jusqu'à présent on n'en avait pas eu besoin, donc on n'avait rien touché… Mais comme on vient d'embaucher une nouvelle coach, il a fallu lui faire de la place, alors voilà… Je n'ai rien jeté, j'ai tout mis dans ce carton. Je me suis dit que c'était à vous de trier, qu'il y aurait certainement des souvenirs que vous aimeriez conserver…

La pauvre jeune femme voudrait partir en courant tellement elle est mal à l'aise. Gabriel la remercie et ne la retient pas. Soulagée, elle lui dit au revoir et retourne à sa voiture qu'elle a garée plus loin dans la rue.

Gabriel pose le carton par terre, dans un coin du salon. Il se contenterait bien de tout jeter à la poubelle, car il a déjà trop de souvenirs qui lui reviennent en mémoire en permanence. Mais il sait qu'il n'en fera rien.

Dans le carton qui contenait à l'origine des ramettes de papier, il trouve des sous-vêtements de sport, un débardeur rose vif et un minishort noir. Chloé avait l'obligation implicite d'être sexy quand elle donnait des cours. « Il faut bien qu'on donne envie au client de revenir, chéri ! » Un tube de crème pour les douleurs musculaires, périmé depuis quelques mois. Une serviette de toilette et un flacon de gel douche-shampooing.

Et tout au fond, une grande enveloppe blanche. « Centre hospitalier de Saint-Malo. »

Une liasse de feuilles A4 agrafées. Gabriel lit les mots qui n'ont aucun sens.

Compte-rendu opératoire

IVG chirurgicale à la demande de la patiente

Administration préopératoire de Rohypnol + Ibuprofène

Anesthésie locale : quatre injections de Xylocaïne

Dilatation du col

Aspiration

Conclusion : Interruption volontaire de grossesse à neuf semaines d'aménorrhée.

Il cherche une date. « Janvier 2013 ».

La tête lui tourne. Il ne parvient pas à retenir la bile acide qui lui remonte dans la gorge.

Emma

Après ne m'avoir donné aucune nouvelle pendant presque une semaine, Gabriel est finalement passé à l'improviste ce matin, avant d'aller travailler. Quand j'ai vu que l'horloge accrochée au mur en face de mon canapé-lit indiquait à peine 7 h 45, j'ai failli ne pas me lever pour aller répondre à l'Interphone.

Mais les sonneries se sont faites insistantes, et j'ai fini par sortir de sous ma couette en pestant contre l'individu malintentionné qui cherchait à tout prix à me réveiller.

– C'est moi !

– …

– C'est Gabriel… Tu m'ouvres ?

– Tu crois que tu peux disparaître et réapparaître quand tu en as envie ? Que je suis à ta disposition ?

Les mots sont à peine sortis de ma bouche que je les regrette déjà. C'est plus fort que moi, j'ai envie d'aller de l'avant et j'en ai assez d'être embourbée dans un passé que je ne maîtrise pas avec Gabriel.

J'appuie sur le bouton qui ouvre la porte. Quelques minutes après, Gabriel pousse la porte que j'ai laissée entrouverte. Après l'avoir refermée doucement derrière lui, il reste dans l'entrée, les bras ballants. Comme un gamin qui viendrait de se faire gronder.

À la vue de son air désolé, je m'attendris.

– Tu veux un café ?

– Oui, si tu en fais pour toi…

Je sors une capsule et la glisse dans la cafetière. Le liquide noir et brûlant coule dans la tasse que je viens de déposer.

Gabriel s'installe sur un des deux tabourets de bar. Je lui tourne le dos.

– Tu vas bien ? Qu'est-ce que tu avais de si urgent à me dire pour venir aussi tôt ? Ça fait quasiment une semaine que je n'ai aucune nouvelle de toi ! Je t'ai laissé des messages, envoyé des textos… Je commençais à m'inquiéter. À me dire que tu regrettais tout, que tu ne voulais plus me voir mais que tu n'osais pas me le dire en face.

– Non, ce n'est pas du tout ça…

Gabriel fixe la fumée qui s'échappe de la tasse de café.

– Alors quoi ? Parle !

Il lève les yeux vers moi, se mord la lèvre inférieure d'un air songeur.

– J'ai beaucoup réfléchi, ces derniers jours. Je voulais prendre un peu de recul… Tout est allé très vite entre nous, et je voulais être sûr de ce qu'on faisait.

Je n'aime pas les paroles qu'il prononce. Il va me dire que c'était trop tôt pour lui, qu'il a l'impression de tromper sa femme, qu'il n'est pas prêt à vivre une autre relation… Je me cramponne à la tasse de café que je viens de me servir. Tout ça pour ça.

– Je voudrais que tu t'installes chez moi.

Je reste immobile, abasourdie.

Gabriel se lève, fait le tour de la table et vient se planter devant moi. D'une main, il attrape doucement mon menton jusqu'à ce que mon regard croise le sien.

– Si tu penses que c'est trop tôt, dis-le-moi. Je me disais seulement que tu passais beaucoup de nuits à la maison, et que tu ne devais pas particulièrement tenir à ton studio, vu que tu le loues depuis seulement six mois… En plus, Chance t'a déjà adoptée, même si bien sûr ce n'est pas pour lui que je veux que tu déménages… Enfin, si tu préfères attendre, je comp…

Je pose mon index sur la bouche de Gabriel pour qu'il arrête de parler. J'attends quelques secondes, puis mes lèvres viennent se poser sur les siennes. Je plonge mes mains dans ses cheveux bouclés et me colle à lui. Je l'embrasse longuement, et il referme ses bras sur moi.

Quand je m'écarte, il prend une longue inspiration.

– Alors, ça veut dire oui ?

11.

Décembre 2013

Chloé

Le monde entier prépare les fêtes de Noël.
Sauf moi, bien évidemment.

Ma rivale s'est installée à la maison.

Je l'ai regardée, impuissante, apporter ses quelques cartons et sa valise. Elle n'avait pas grand-chose, à croire qu'elle vivait dans la rue.

Je sais, je suis méchante. Je me déteste d'être comme ça, mais je n'arrive plus à me raisonner. À me dire que ce qui arrive, c'est ma faute, finalement. Que je ne peux pas en vouloir à Gabriel de continuer à vivre.

Elle a rangé ses vêtements dans mon dressing. Ils ont déplacé le clic-clac de la chambre d'amis, l'ont collé contre le mur en face de la porte en le tournant à quatre-vingt-dix degrés. Elle doit être adepte du feng shui, ou alors c'est sa manière à elle de personnaliser les lieux. Pour oublier qu'elle couche avec *mon* mari, dans *ma* maison. Ils ont au moins eu la décence de ne pas s'installer dans notre chambre.

Elle a mis sa brosse dans le verre à dents sur le lavabo de la salle de bains, à côté de celle de Gabriel. Comme c'est touchant.

Elle a rempli le placard de la cuisine avec ses sachets de thé Earl Grey. A installé sa cafetière rouge vif en plein milieu du plan de travail.

Gabriel lui a même libéré une étagère de la bibliothèque du salon pour qu'elle y range son appareil photo et tout son bazar. Il a eu beau tomber sur une photo de moi en vidant les affaires entassées, il n'a pas bronché.

Je crois que je pourrais faire claquer toutes les portes et briser les vitres une à une, il ne s'en soucierait pas.

Il a même retiré la chaîne qu'il portait au cou et sur laquelle il avait glissé mon alliance. L'a rangée bien loin.

Il faut croire que j'ai perdu.

Qu'est-ce que je pourrais inventer de plus pour qu'il ne m'oublie pas ?

Est-ce que je me suis trompée sur lui ? Est-ce qu'il m'aimait tant que ça, finalement ?

Ils sont allés chercher un sapin de Noël, ce matin. Ont passé une heure à le mettre en place tous les deux, à sortir une par une les décorations précautionneusement rangées dans un ancien carton de déménagement. Gabriel et moi avions l'habitude d'en choisir une par an dans un marché de Noël. Celui de Strasbourg, celui de Bruxelles, celui de Cologne : chaque hiver, on partait un week-end en visiter un différent. On sirotait du vin chaud pour oublier nos doigts gelés, on s'aventurait sur les patinoires éphémères ou dans les grandes roues qui surplombaient les maisonnettes de bois. On sélectionnait amoureusement la décoration qui nous semblait la plus jolie, puis on repartait avec, satisfaits de cette escapade. Un petit tambour doré, une boule en verre soufflé, un bonhomme de neige en raphia blanc.

Gabriel tend la grande étoile en bois sculpté à sa nouvelle chérie et, ensemble, ils l'accrochent au sommet de l'imposant sapin.

Malgré moi, je lâche un hurlement de douleur. Pour me soulager, puisque aucun des deux ne peut m'entendre. Ils sont dans leur petite bulle de bonheur et moi… et moi, je n'existe plus.

Je n'existe plus pour personne, putain.

Mon regard se fige sur le visage souriant et serein de ma rivale. On dirait qu'elle a remporté le gros lot.

Gabriel

Allongé dans le lit avec Emma, il joue distraitement avec le collier à breloques qu'elle porte autour du cou. La jeune femme finit par lui saisir la main.

– Tu me chatouilles !

– Tu ne le retires jamais, ton collier ?

– Seulement pour la douche. Il me vient de mon arrière-grand-mère, j'y tiens beaucoup. Si je l'égarais ou le cassais, je crois que je ne me le pardonnerais jamais.

Emma a emménagé chez lui il y a trois semaines, mais il a l'impression que ça fait une éternité. La complicité qui les unit ne cesse de l'étonner. Elle semble connaître tous ses goûts, de ses pâtisseries préférées aux séries télé qu'il suit assidûment.

Si elle lui offre une chemise, elle sait exactement quelle taille prendre et quelle couleur choisir pour être sûre de lui faire plaisir. Si elle cuisine le dîner, elle concocte un tajine de poulet, alors même qu'il ne lui a jamais dit que c'est son plat préféré. S'il lui propose un cinéma, elle suggère d'aller voir *Le Loup de Wall Street*, sans imaginer que Gabriel est sans doute un des plus grands fans de Martin Scorsese.

En huit ans, Chloé n'a jamais pu retenir qu'il détestait la glace au chocolat ou qu'il ne supportait pas les jeans slim. Gabriel déteste entendre cette petite voix en lui qui joue à comparer les deux femmes, mais il ne parvient pas toujours à s'en empêcher. Au début, Chloé était toujours « plus » par rapport à Emma. Plus belle, plus féminine, plus audacieuse. Et puis, au fil des mois, la tendance semble s'être inversée. Emma est plus facile, plus à l'écoute, plus drôle. Parfois même plus attirante.

La jeune femme garde les yeux fermés, mais il sait bien qu'elle ne dort pas encore. Il réfléchit à la conversation qu'ils ont eue ce soir, après qu'elle a reçu un coup de fil inattendu.

Une ONG de solidarité internationale cherche un photographe pour un reportage sur la situation actuelle dans la bande de Gaza.

Une proposition de mission de deux mois, pouvant déboucher sur un poste fixe de correspondant local dans la région.

Emma avait envoyé son CV et un book en début d'année à toutes les ONG et associations qui pouvaient éventuellement recruter un photographe. Ses tentatives étaient jusqu'alors restées sans réponse.

Quand elle a raccroché, elle a sauté de joie en expliquant à Gabriel l'opportunité qu'on lui offrait. Non seulement elle pourrait partir et réaliser son rêve, mais en plus elle serait payée pour ses photographies !

Il était tombé des nues. Bien sûr, elle lui avait vaguement parlé de ses projets, mais il avait cru… Qu'est-ce qu'il avait cru, au juste ? Qu'une amourette de quelques mois lui ferait oublier le rêve qu'elle avait depuis toute petite ? Que jamais une occasion comme celle-ci ne se présenterait et qu'Emma se satisferait de prendre en photo, week-end après week-end, des couples de mariés tous plus ordinaires les uns que les autres ?

Il avait caché sa tristesse et l'avait serrée fort dans ses bras pour la féliciter.

– Quand devrais-tu partir ?

– Dans un peu moins de deux mois, mi-février… Mais rien n'est encore fait, je n'ai pas dit oui…

Emma avait compris que Gabriel était blessé même s'il ne l'avouait pas.

– Et même si j'accepte, ce n'est qu'un projet de deux mois dans un premier temps. Ça pourrait ne déboucher sur rien…

– Tu sais que tu dois accepter, Emma. Tu l'as dit toi-même, c'est une occasion qui ne se présente qu'une fois dans une vie… On se connaît à peine, au final.

– Pourquoi tu dis ça ?

– Parce que c'est vrai ! Je t'adore, mais je ne pèse pas lourd par rapport à ton rêve, et c'est normal. Je ne veux pas être celui qui te freinera dans la vie.

Gabriel s'était avoué vaincu, il avait battu en retraite avant même de savoir ce qu'Emma ressentait.

Ce soir-là, il peine à trouver le sommeil. Juste quand il commençait à retrouver un peu de stabilité, tout semble s'effondrer à nouveau.

Est-ce qu'il devait chercher à retenir Emma, au risque de la voir dépérir à ses côtés ? Ou est-ce qu'il devait tout faire pour lui permettre d'atteindre son but ?

Emma

Ce qui aurait dû être une magnifique surprise de Noël se transforme en cadeau empoisonné. J'attends depuis des années qu'on m'offre ma chance, et quand ça se produit enfin, c'est au pire moment possible.

Je ne peux pas accepter cette mission, j'ai beau tourner la chose dans tous les sens, je ne *peux* pas. Ce serait stupide de tout quitter maintenant, alors que je viens de m'installer chez Gabriel. Mon rêve peut bien attendre quelques semaines, quelques mois de plus...

Je n'ai encore rien répondu au chargé de recrutement qui m'a téléphoné la semaine dernière. Il m'a laissé trois semaines de réflexion, car ils savent que c'est une décision importante, qu'on ne quitte pas son quotidien en trois jours.

Quand j'essaie d'aborder le sujet avec Gabriel, il se ferme et se contente de me dire en souriant que je ne peux pas laisser passer une telle opportunité.

À force de l'entendre me répéter ça, j'en viens à me dire qu'il a peut-être raison, que notre relation n'est peut-être pas si unique que ça.

Peut-être même qu'il regrette de m'avoir demandé d'emménager avec lui, mais qu'il ne sait pas comment le dire. Et que la proposition qu'on vient de me faire tombe à pic pour lui.

Les jours passent et j'ai l'impression qu'il devient un adversaire. On esquisse, pas à pas, une danse silencieuse, un combat sans mots. Je ne sais pas ce qu'il pense, ce qu'il veut. Il semble parfois proche et parfois si lointain, comme si j'étais déjà partie.

Il a suffi d'un coup de fil pour que tout se délite.

Quand j'émets l'idée de rester à Saint-Malo, il secoue la tête d'un air sombre et répète que ce serait stupide de ma part.

– Mais, on est bien ensemble, non ?

– Là n'est pas la question, Emma. On parle de *ta* vie, de *tes* rêves. Ma mère s'est sacrifiée pour nous élever, mes frères et moi. Elle a arrêté de travailler, parce que, avec mon père toujours en déplacement, c'était impossible d'envisager le quotidien autrement. Et pourtant, elle adorait son métier de fleuriste. On a grandi avec ses regrets et son amertume, quand bien même elle nous aimait, quand bien même elle pensait donner suffisamment le change pour que sa lassitude passe inaperçue. Non, crois-moi, quand on renonce à ce qui nous donne envie de nous lever chaque matin, on n'en sort jamais indemne. Et ceux avec qui on vit non plus.

Il invente toutes sortes de grandes phrases pour ne pas parler de nous.

Alors, ce matin, pendant qu'on prend notre petit déjeuner en silence, je me lance.

– Je ne pars pas.

Il continue de regarder par la fenêtre, son café à la main.

– Bien sûr que si.

– Ma décision est prise. Je ne reviendrai pas dessus. Alors soit tu continues à être distant avec moi, soit tu viens me prendre dans tes bras et me dire chez qui on va pouvoir s'inviter pour le nouvel an.

Gabriel me regarde enfin. On dirait qu'il cherche à savoir si je suis sérieuse.

Enfin, il sourit, même si dans ses yeux la lueur triste ne disparaît pas complètement.

– Tu as le choix entre dîner prout-prout chez mes parents ou beuverie chez Geoffrey. Je te détaille un peu les options, pour que tu puisses choisir en connaissance de cause. Plan A : faire la connaissance de mes parents, qui vont t'examiner sous toutes les coutures, te braquer une lampe en plein visage et te faire passer sans aucune subtilité un interrogatoire musclé pour s'assurer que tu ne dissimules pas un secret honteux et inavouable. À part ça, ils sont sympas… Plan B : une fiesta volume à fond chez Geoffrey qui, au bout de trois verres, commencera à te bassiner en te racontant tout un tas d'anecdotes parfaitement inintéressantes sur nos années de lycée. Lui aussi est sympa, même s'il ne tient pas l'alcool… Je sais que face à des perspectives aussi alléchantes, la décision va être difficile à prendre, alors réfléchis bien avant de répondre !

12.

Janvier 2014

Chloé

Quand elle a annoncé fièrement qu'elle ne partait pas, j'ai cru que j'allais exploser.

Je pensais que tout était réglé.

Victoire par forfait. Mais victoire quand même.

« Ce qui compte, c'est de gagner », comme dirait ma mère. Je revois mon père, les épaules voûtées, emportant les quelques cartons qu'elle avait daigné lui accorder au moment du divorce. Le petit signe de la main qu'il nous avait adressé, à Oriane et moi, avant de monter dans son éternelle ZX blanche, son sourire crispé qui ne parvenait pas à faire oublier son regard lourd de chagrin. Sa femme le quittait, soit. Mais surtout, il devait quitter ses filles. Se contenter d'un week-end sur deux et de la moitié des vacances scolaires, lui qui adorait la moindre minute passée avec nous.

Ce qui compte, c'est de gagner. Ma mère avait tout gardé, la maison à Colombes, les meubles, la vaisselle – jusqu'à l'argenterie de ses beaux-parents –, les albums photo de famille et, bien sûr, ses filles. Mon père avait pris un appartement minuscule à Nanterre, deux chambres dont une avec un lit superposé qui grinçait ; c'est tout ce que son salaire de garagiste lui permettait, une fois ponctionnée la pension alimentaire.

Ce qui compte, c'est de gagner. J'ai toujours adoré mon père, même si son F2 était bien trop petit pour les parties de cache-cache dont on avait toujours eu l'habitude. Même si, à treize ans, je n'osais pas lui dire que de toute façon j'étais trop grande pour ça. Même si, parfois, l'adolescente que j'étais avait honte de lui, honte de son quotidien modeste au point de ne jamais ramener de copines du collège le week-end et de préférer la maison de Colombes, l'assurance de ma mère qui nous couvrait, Oriane et moi, de cadeaux et de vêtements neufs sans compter. Puisque la pension alimentaire le lui permettait, puisqu'elle était prête à tout pour avoir le sentiment que ses filles la préféraient à *lui*, le pantouflard qui n'avait rien fait pour lutter contre la routine qu'elle n'avait brusquement plus pu tolérer. Ma mère était perpétuellement dans la surenchère, il fallait qu'elle soit toujours la plus généreuse, la plus attentionnée, la plus appréciée de ses filles.

Avec les années, avec la puberté et son lot de changements, je m'étais laissée amadouer, influencer. J'avais pris goût à l'habitude d'avoir tout ce que je désirais, quand je le désirais, même si je n'avais jamais été dupe de la stratégie de ma mère. J'en avais profité sans vergogne, songeant qu'elle me devait bien ça pour avoir chassé mon père de la maison, pour m'avoir contrainte à être ballottée en permanence entre deux foyers qui n'en avaient finalement plus que le nom. J'avais pris tout ce que ma mère m'offrait, avec de plus en plus de dédain, avec de plus en plus d'indifférence. Et lorsque je n'obtenais pas ce que je voulais, je n'hésitais pas à faire comprendre sournoisement à ma génitrice que je songeais à aller vivre chez mon père – même s'il n'y avait pas l'ombre d'une chance que je me décide à franchir ce pas-là. Je savais exactement sur quel bouton appuyer, ayant eu un exemple parfait de ce qu'on pouvait obtenir par le chantage affectif.

Ce qui compte, c'est de gagner. Et sans jamais un mot plus haut que l'autre, j'étais restée fidèle à mon père, malgré tout. Tout en tirant parti de ce divorce, tout en profitant de celle que j'estimais responsable de la démolition de notre famille. Ingrate, peut-être, mais fidèle.

C'est ma mère qui m'a donné ce goût de la victoire. Je ne joue jamais pour participer, je laisse ça aux autres.

Mais là, je ne sais plus quoi faire, quoi penser. Pourquoi cette fille ne saute-t-elle pas à pieds joints dans son avion ? Elle répète depuis le début que c'est son rêve, non ? En plus, Gabriel ne cherche même pas vraiment à la retenir ; elle est pire qu'une moule collée à un rocher…

Cette histoire n'en finit pas, on se croirait dans *Les Feux de l'amour*.

Alors quoi ?

J'ai perdu, c'est ça ? Je suis censée admettre ma défaite et rester bonne joueuse ?

J'ai misé sur le mauvais cheval, et j'ai tout perdu, vraiment ?

Gabriel

Il est 16 h 30 et la nuit commence déjà à tomber doucement. D'ici peu, il fera noir. Gabriel est assis sur la tombe de Chloé, adossé à la pierre où le nom de sa femme est gravé. L'employé du cimetière est passé plusieurs fois devant lui d'un air mécontent, tentant de lui expliquer du regard qu'une tombe, ce n'est pas un banc, et qu'il est scandaleux de se comporter comme ça. Gabriel l'ignore et regarde la fin de sa cigarette se consumer dans l'obscurité.

Il doit retrouver Emma à 19 heures au restaurant. Il est sorti très tôt du travail aujourd'hui, mais vu les heures supplémentaires qu'il cumule depuis des années, personne ne pourrait décemment lui reprocher de partir pour une fois à 16 heures.

– Alors Chloé, qu'est-ce que tu penses de tout ça, toi ? Est-ce que tu te retournes dans ta tombe ?

Il rit à sa plaisanterie douteuse puis reprend son sérieux.

– Qui étais-tu, au juste ? Est-ce que je me suis trompé sur toi pendant toutes ces années ? Tu t'es fichue de moi, avec Simon ? Pourquoi tu m'as suivi à Saint-Malo, pourquoi tu m'as épousé si je ne te suffisais pas ? Pourquoi tu as avorté, et sans m'en parler en plus… ? Est-ce que c'était mon enfant, au moins ? Est-ce que tu as hésité avant de le faire, ou bien la possibilité de le garder ne t'a même pas traversé l'esprit ?

Gabriel lance son mégot au loin. Il atterrit dans la jardinière d'une autre tombe. Qu'importe.

– Tu es morte, et tu m'as laissé tomber. Tu t'es tirée, et moi, je reste avec toutes mes questions, avec tous tes secrets sordides. J'étouffe de ne pas savoir et tu n'es plus là. Combien de choses je vais encore découvrir au fil des mois, hein ? Combien de mensonges, combien de trahisons ?

Gabriel desserre sa cravate.

– Qu'est-ce que tu penses d'Emma ? Je suis sûr qu'elle ne te plairait pas, elle n'est pas assez « princesse » pour toi. Tu as toujours rêvé d'une vie de luxe, et Emma n'est que simplicité. Sur ce point, tu ne m'as jamais menti, je te l'accorde. Tu m'as toujours répété que tu voulais de l'argent, des bijoux, des voyages. Que vivre, c'était consommer. Je croyais que tu te lasserais, je croyais que je pourrais combler ce manque que tu avais depuis toujours. Aujourd'hui, je comprends qu'on ne rend personne heureux en le privant de son rêve, si futile soit-il. On ne change pas les gens. J'aurais préféré réaliser tout ça avant que tu ne sois plus là, crois-moi. Je ne ferai pas la même erreur deux fois, même si je dois en souffrir.

Il laisse échapper un petit rire narquois.

– Tu ne comprends rien à ce que je te raconte, hein, Chloé ?

Quand il arrive au restaurant, Emma est déjà attablée. Elle s'est commandé un verre de vin blanc en l'attendant. Elle pianote des doigts sur la nappe, l'air pensif.

– Ça fait longtemps que tu es là ?

– À peine un quart d'heure, j'ai fini ma séance photo en avance. Le bébé n'a pas cessé de hurler, et au bout d'une heure les parents ont déclaré forfait. Je ne suis pas sûre de réussir à tirer quelque chose des rares clichés que j'ai pris…

Gabriel appelle le serveur et commande deux coupes de champagne rosé. L'homme repart d'un pas pressé. Emma regarde Gabriel d'un air surpris.

– Du champagne ? En quel honneur ?

– En ton honneur.

Gabriel se fait mystérieux, et lorsque le serveur revient avec les flûtes, il lui demande les menus.

– Je meurs de faim, pas toi ?

Emma hoche la tête. Elle parcourt la carte du regard et son choix se porte sur un filet de bar cuit à la plancha. Gabriel opte pour un carré d'agneau rôti au thym.

– Tu n'as pas choisi n'importe quel restaurant, dis donc ! remarque Emma, tentant d'alléger l'atmosphère qui lui semble un peu pesante, sans qu'elle sache dire pourquoi.

Il lui prend la main, délicatement. La retourne avec douceur et caresse du pouce l'aigle stylisé.

– « L'aigle noir, dans un bruissement d'ailes, prit son vol pour regagner le ciel », fredonne à voix basse Gabriel.

– Qu'est-ce que tu dis ?

– Tu as choisi de te tatouer un aigle noir pour la chanson de Barbara, non ?

Emma marque une pause, interloquée.

– Quelle chanson ?

Gabriel ne répond pas, il se contente de secouer la tête d'un air qui signifie que ce n'est pas important. Il tient toujours la main d'Emma. Il s'éclaircit la gorge.

– J'ai quelque chose pour toi.

– Un cadeau ?

– Oui, un cadeau.

– Mais Noël, c'était il y a dix jours ! Et tu m'as déjà suffisamment gâtée…

Emma pense aux boucles d'oreilles en argent que Gabriel lui a offertes. Deux mini-appareils photo qui tiennent dans le creux de la main, qu'elle s'est empressée d'accrocher à ses lobes.

– Non, les boucles d'oreilles, c'était un simple avant-goût.

Gabriel lâche la main d'Emma pour chercher quelque chose dans la poche intérieure de sa veste de costume.

Emma

Une bague !

Il va sortir une bague, j'en étais sûre !

Il est mystérieux depuis une semaine, j'ai bien vu qu'il mijotait quelque chose... J'espérais ne pas me tromper, et en même temps j'essayais de ne pas trop y penser, j'avais tellement peur d'être déçue, de me faire une fausse joie...

Je l'avoue, hier après-midi j'ai fouillé partout dans la maison alors que Gabriel était au travail, à la recherche d'une petite boîte en velours bleu nuit et de la bague de fiançailles qu'elle contiendrait. Je sais, ça ne se fait pas, mais, déjà enfant, je retournais la maison – discrètement, bien entendu – quelques jours avant Noël tellement j'avais hâte de savoir ce que j'allais recevoir comme cadeaux. On ne se refait pas !

J'ai regardé dans le tiroir de la table basse et dans la bibliothèque du salon. Rien. J'ai couru ouvrir le tiroir de sa table de chevet, j'ai fouillé toutes les poches que j'ai trouvées. Vides. J'ai exploré le placard de la salle de bains avec Chance sur mes talons – le pauvre devait croire que je faisais une chasse à la croquette.

Quand Gabriel est rentré en fin de journée, je ne l'ai pas accompagné promener le chien. Je l'ai observé s'éloigner, à la fenêtre de la cuisine, et dès qu'il a eu tourné le coin de la rue, je me suis ruée sur les clés de voiture qu'il avait accrochées dans l'entrée. J'ai vidé la boîte à gants, scruté le vide-poche de sa portière, et même jeté un rapide coup d'œil dans le coffre, on ne sait jamais. Rien, rien et rien.

J'ai profité des quelques minutes où il s'est brossé les dents dans la salle de bains avant d'aller se coucher pour vérifier les poches de son pantalon et de sa veste. Toujours désespérément vides (sauf si je compte l'emballage de chewing-gum froissé et le ticket de bus usagé que j'ai dénichés).

J'ai finalement dû me résoudre à patienter jusqu'à ce qu'il daigne me révéler quelque chose. Le fait qu'il ait réservé dans un restaurant chic pour le lendemain soir était un signe qui ne trompait pas. J'ai bien tenté de lui tirer les vers du nez, mais il n'a rien voulu me dire. Pas le moindre indice.

Je me sens un peu coupable, bien sûr. Mais je préfère chasser ce sentiment de mon esprit pour le moment.

Et là, on y est.

J'ai failli trépigner quand il a commandé deux coupes de champagne, mais j'ai su rester stoïque.

J'avais peur qu'il attende le dessert pour se dévoiler, je n'aurais jamais réussi à avaler quoi que ce soit… !

Quand il m'annonce qu'il a un cadeau pour moi, j'ai envie de crier de joie, mais je reste impassible. Je prépare mon air faussement surpris et véritablement ravi. « Oh, Gabriel, je ne m'y attendais pas du tout, quel cachotier tu fais ! »

Il cherche quelque chose dans sa veste, dans la même poche que j'ai pourtant fouillée hier soir – si ça se trouve, il a gardé ma bague pendant plusieurs jours au bureau, là où je ne risquais pas de la trouver.

– C'est pour toi.

Gabriel pose une enveloppe vert pastel sur la table. Il observe mon air véritablement surpris et faussement ravi. Ça m'étonnerait qu'une bague tienne là-dedans. À moins que ce soit un « bon pour une bague » ?

– Qu'est-ce que c'est ?

– Ouvre, me dit-il gentiment en poussant l'enveloppe vers moi.

Je déchire le papier en glissant délicatement l'index.

À l'intérieur, une pochette en papier glacé aux dimensions parfaitement identifiables.

Et dans la pochette, un billet d'avion. Un seul.

Paris-Tel-Aviv. Date flexible.

Un aller simple.

Mes yeux se remplissent de larmes malgré moi. Je serre les dents.

– Pourquoi ?

– Parce que tu dois réaliser ton rêve, Emma. Ta place n'est pas ici, tu le sais très bien.

– Mais…

– Et de mon côté, je ne pourrai pas t'apporter quoi que ce soit de positif. Je suis loin d'en avoir fini avec mon deuil. Chloé est encore bien trop présente dans mes pensées pour que je puisse te demander de rester avec moi.

– Donc tu décides à ma place, c'est ça ?

La stupeur qui a figé le sang dans mes veines se mue brutalement en colère.

– Ta décision est irrévocable ?

Gabriel laisse échapper un profond soupir.

– C'est mieux comme ça, Emma.

Furieuse et humiliée, je me lève au moment où le serveur apporte nos plats.

Gabriel tente de me retenir, mais je n'entends plus rien.

Je me dépêche de rentrer chez lui et je jette pêle-mêle toutes les affaires m'appartenant dans ma valise rangée au fond du dressing. Je récupère le principal et remplis le coffre et la banquette arrière de ma voiture. Je me dépêche pour partir au plus vite.

Je laisse les clés sur le meuble dans l'entrée et caresse une dernière fois la tête de Chance avant de refermer la porte derrière moi.

Je m'assois dans ma voiture, démarre le moteur et frappe de mes deux poings sur le volant.

Je n'ai nulle part où aller.

13.

9 janvier 2014

Chloé

J'ai longuement hésité entre me faire une queue-de-cheval ou ne pas attacher mes cheveux. Gabriel a toujours aimé mes cheveux lâchés, mais d'un autre côté j'ai les trois quarts du temps une queue-de-cheval, c'est vraiment *moi*.

Finalement j'enserre mes cheveux dans l'élastique rose vif.

Je suis surexcitée et inquiète à la fois. Quand je descends de la camionnette et que je remonte l'allée de gravier qui mène jusqu'à la maison de Gabriel, *notre* maison, je sens mon estomac se nouer et mon pouls s'accélérer. Le sang bat dans mes tempes, boum, boum, boum.

J'inspire avec détermination, remets une mèche rebelle derrière mon oreille et sonne à la porte d'entrée.

Un aboiement jaillit ; j'avais oublié cette saleté de chien.

L'attente me semble interminable. Je ne sais pas encore quels mots je vais prononcer, quelle attitude je vais adopter.

Enfin, au bout de plusieurs minutes qui durent des heures, la porte s'entrebâille et laisse apparaître un Gabriel échevelé, qui n'a probablement pas beaucoup dormi cette nuit. Quand il m'aperçoit, il a un temps d'arrêt.

J'entendrais presque les rouages de son cerveau se mettre en branle, cherchant désespérément une explication rationnelle à ce qui ne peut être, de toute évidence, qu'une hallucination.

Mon mari est comme figé.

– C'est moi, Gabriel… Je suis revenue…

Je parle tout doucement, comme si je m'adressais à un homme qui menace de se jeter du haut d'un immeuble. Je m'approche très lentement pour ne pas l'effrayer.

– Chloé… ? murmure-t-il d'un ton hésitant.

Ses yeux sont grands ouverts, comme s'il craignait qu'en les clignant je m'évapore aussitôt.

– Oui, je suis là. Tout va bien se passer, maintenant. C'est fini…

Je pose délicatement la main sur sa joue. Il tressaille et saisit ma main. Vérifie qu'elle est bien réelle.

Il voudrait dire quelque chose, mais je vois que la stupeur l'empêche de formuler ses questions de façon cohérente.

– Je peux entrer… ?

Mon mari recule pour me laisser franchir le seuil de la porte.

Je suis enfin chez moi.

Mon regard tombe sur le chien, qui préfère se carapater dans la cuisine. Apparemment, ces animaux sont capables de sentir autre chose que la peur ; il a compris en un clin d'œil que lui et moi, on ne serait pas amis.

Gabriel n'a pas bougé d'un millimètre. Une statue de cire.

– Tu viens ?

Il sursaute et finit par refermer la porte d'entrée.

Quand il se retourne, il semble enfin sorti de sa torpeur.

– Tu es… vivante ?

Je ris.

– Oui, bien sûr que je suis vivante. Qu'est-ce que tu crois, que je suis un fantôme qui sonne aux portes ?

Il m'observe, incapable d'assimiler ce qui se passe.

– Viens t'asseoir dans le salon, chéri.

Il me suit comme un robot. Je m'installe sur le canapé, j'ai l'impression de faire comme chez moi, même si *c'est* chez moi.

Je passe ma langue sur mes lèvres, réfléchissant à la meilleure manière de présenter les choses. J'ai répété des dizaines de fois cette scène dans ma tête, mais à présent je ne sais plus du tout comment m'y prendre avec Gabriel, qui me fixe l'air déboussolé.

Malgré tout, je me lance. Il faut bien en finir.

– C'était un jeu. On a simulé ma mort. On t'a fait rencontrer l'autre candidate, et elle avait six mois pour que tu la demandes en mariage. Absurde, non ? Quand la production m'a contactée pour me présenter les règles, j'ai tout de suite su qu'on gagnerait. Que tu serais incapable de refaire ta vie en si peu de temps.

Gabriel ouvre la bouche, rien ne sort.

– Et si elle perdait, on empochait 500 000 euros. Est-ce que tu te rends compte ? Un demi-million d'euros pour six mois de notre vie ! C'est fou, non ?

Je ne peux pas m'empêcher de trépigner de joie, même si mon mari reste impassible.

– Tu comprends ce que je dis, Gabriel ? On a gagné. On va pouvoir réaliser tous nos rêves !

Je ne sais plus quoi dire pour obtenir une réaction. Moi qui pensais qu'il allait me prendre dans ses bras et me faire tournoyer en criant son bonheur, on dirait bien que je me suis trompée.

– Chéri ? On est riches. On est *riches* !

Et là, je tombe des nues. Gabriel se met à pleurer. Pas des larmes de joie, non… Il se met à sangloter comme un bébé.

Puis ses larmes se transforment en spasmes quasi hystériques.

Je contemple mon mari et me retiens de lever les yeux au ciel.

Incompréhensible.

C'est à ce moment-là que les caméras entrent chez nous.

Gabriel

– Bonjour Gabriel. Nous savons tous qu'aujourd'hui vous avez l'impression que le ciel vous tombe sur la tête. Est-ce que vous pourriez nous donner vos premières réactions, comme ça, à chaud ?

Il relève la tête pour apercevoir deux cameramen et une blonde vulgaire qui sourit de toutes ses dents en tendant vers lui un énorme micro.

Il essuie les larmes sur son visage, lentement.

– Quel est le sentiment qui domine, maintenant que vous avez retrouvé votre femme ? Et surtout, quel effet ça fait d'apprendre au réveil qu'on a gagné 500 000 euros sans rien faire, au final ?

La blonde commence à s'impatienter, elle jette des coups d'œil exaspérés à Chloé qui hausse les sourcils, impuissante.

Le micro continue de s'agiter devant le menton de Gabriel.

Il se lève brusquement du canapé, et la fille recule. Du haut de son mètre soixante-cinq, elle réalise que Gabriel fait bien deux têtes de plus qu'elle.

– Vous pouvez partir de vous-mêmes immédiatement, ou alors c'est moi qui vous mets tous les trois dehors *manu militari*. Vous avez cinq secondes pour choisir.

Le ton de Gabriel est menaçant. La blonde s'exclame :

– Non mais attendez, ne le prenez pas comme ça ! Vous n'avez aucun humour ? Je vous demande simpl…

– Cinq, quatre, trois, deux, un.

Gabriel s'avance vers la chargée de production et la saisit par le bras. Un des cameramen s'approche pour la défendre, tandis que le second continue de filmer.

Chloé tente d'intervenir.

– Gabriel, ce n'est pas malin de réagir comme ça, réfléchis, s'il te plaît…

Il continue d'avancer vers la porte d'entrée mais finalement se ravise et lâche le bras de la blonde. Celle-ci lui lance un regard noir avant de se recomposer en une fraction de seconde un visage avenant au sourire digne d'une publicité pour dentifrice.

Gabriel monte l'escalier menant à l'étage et, sans se retourner, il s'adresse à Chloé.

– Rejoins-moi quand tu les auras fait déguerpir.

Il entre dans la chambre et s'assoit sur le lit dans lequel il n'a pas couché depuis des mois, ayant migré avec Emma sur le clic-clac de la chambre d'amis.

Quelques minutes plus tard, Chloé est sur le seuil de la porte. Gabriel la regarde et voit dans son regard de l'hésitation mêlée à un soupçon de colère. Il secoue la tête, méprisant.

– Tu trouves que ça valait le coup ?

– Pas toi ?

– Est-ce que, pour 500 000 euros, je méritais de croire pendant des mois que tu étais morte ? Non mais tu te rends compte de ce par quoi je suis passé ? De ce que tu m'as fait subir ? Tu étais où pendant tout ce temps, hein ? Tu te la coulais douce aux Caraïbes, à siroter des cocktails sur la plage ? Pendant que moi, je crevais à petit feu en croyant que tu t'étais noyée ?

Gabriel a haussé le ton, ses yeux lancent des éclairs. Chloé explique du mieux qu'elle peut.

– La production m'a installée dans un appartement en région parisienne. Ça n'a pas été facile pour moi non plus… Je n'avais quasiment pas le droit de sortir tellement ils craignaient que quelqu'un me reconnaisse, même si je leur répétais que la probabilité était quasiment nulle… J'avais accès aux vidéos qu'ils filmaient de toi. Parfois en direct, et j'avais l'impression de vivre encore un peu avec toi, de te suivre dans ton quotidien. Parfois des scènes déjà montées. Pour que je sache où tu en étais…

– Tu es en train de dire qu'il y avait des caméras partout ? C'est une blague ?

– Non, ils ont installé des caméras dans la maison, avec mon autorisation bien sûr. C'est tout, enfin, je crois. Et l'autre candidate avait une caméra cachée sur elle en permanence.

– Emma… ?

– Je ne me souviens pas de son prénom, mais oui, sûrement.

Chloé s'interrompt. Elle préfère attendre les questions de Gabriel qui est allé se poster à la fenêtre et qui regarde au loin.

– Mais je t'ai vue… Je t'ai vue *morte*. À la morgue, sur la table d'autopsie.

Gabriel se passe la main sur la bouche en se tournant vers Chloé d'un air écœuré.

– Ils m'ont maquillée, ce sont des pros, tu sais. Les mêmes qui s'occupent des faux cadavres dans les séries policières… Le légiste a été payé par la production pour jouer la comédie et leur laisser l'accès à la morgue. Il n'a soulevé le drap que quelques secondes, tu as détourné le regard très vite. Je me suis concentrée pour respirer le moins possible…

– Est-ce que… Est-ce qu'à part moi tout le monde savait ? Est-ce que c'est une immense farce ?

– Non, c'est bien pour ça qu'ils m'ont éloignée de Saint-Malo ! Personne n'était au courant, absolument personne… Mon enterrement n'avait rien à voir avec une mascarade, enfin tu comprends ce que je veux dire…

Chloé s'emmêle les pinceaux, elle perd son assurance face à un Gabriel qui la contemple avec froideur.

– Et puis merde, tu crois que ça m'a fait quoi, à moi, de te voir roucouler avec cette fille quelques semaines après ma mort ? De la voir s'installer chez nous en moins de deux, comme si je n'avais jamais existé ? Tu ne penses pas que j'ai souffert, que j'ai été blessée, moi aussi ?

– Ne retourne pas la situation, Chloé. Tu joues très mal le rôle de la victime.

Gabriel est glacial. Chloé se reprend, vexée.

– J'ai fait tout ça pour nous…

– Vraiment ? Et Simon ? Et le bébé ? Ça aussi, tu l'as fait pour nous ?

Chloé ouvre la bouche, interloquée.

Emma

J'ai dû me résoudre à passer la nuit à l'hôtel, avant de téléphoner ce matin au propriétaire du studio pour lui expliquer que finalement, si ce n'était pas trop tard, j'aimerais beaucoup relouer son meublé. Il n'avait pas encore trouvé de nouveau locataire, aussi s'est-il empressé d'accepter ma proposition.

J'ai donc sorti toutes mes affaires de la voiture, pour les entasser dans un coin de l'unique pièce du studio. Je n'ai pas le courage de tout ranger, alors que je ne sais même pas combien de temps je vais encore rester dans cette ville.

Il est 13 heures et je n'ai rien avalé depuis la coupe de champagne d'hier soir. Je serais pourtant bien incapable de manger quoi que ce soit.

À l'heure qu'il est, Gabriel a dû apprendre la vérité. Sa femme a dû débarquer aux aurores pour lui annoncer la bonne nouvelle. Il est peut-être sous le choc, en colère, déçu.

Mais ça va passer.

Avec 500 000 euros, tout passe.

Il pardonnera à son épouse, il m'oubliera bien vite en se convainquant que je n'ai fait que jouer la comédie par appât du gain.

Where Is My Mind retentit et je retiens mon souffle en fouillant dans ma sacoche pour mettre la main sur mon téléphone.

« Maman », indique l'écran.

Il faut toujours qu'elle appelle au mauvais moment. Je laisse sonner jusqu'à ce que mon répondeur s'enclenche enfin.

Tout ça pour ça.

Il ne croira jamais que je suis vraiment tombée amoureuse de lui. Qu'au début, bien sûr, c'était un simple jeu pour moi, un jeu stupide qui m'aurait permis de réaliser enfin mon rêve… Mais qu'ensuite, au fil des semaines puis des mois, je m'étais attachée à lui.

J'avais oublié les caméras. J'avais oublié que le 8 janvier à minuit ma robe se transformerait en haillons et mon carrosse en citrouille si mon prince ne m'avait pas demandée en mariage.

Et si je n'avais pas réellement oublié, j'avais simplement préféré profiter de l'instant présent, parce que je n'avais pas d'autre choix. La production m'avait fait signer un accord de confidentialité de six pages, détaillant tout ce que je n'avais pas le droit de divulguer à propos du jeu sous peine de poursuites judiciaires.

J'étais prise au piège. Je sais, c'est facile de dire ça maintenant. Gabriel me rirait au nez si je lui tenais ce discours larmoyant.

Je ne vois pas comment lui prouver que ce qu'on a vécu ensemble, c'était *vrai*.

Surtout que, de son côté, il a fait machine arrière hier soir, en m'offrant ce billet d'avion.

Il faut que je laisse quelques jours passer, le temps de réfléchir posément à ce que je peux lui dire, et qu'il ait digéré tout ce qu'il a dû apprendre ce matin.

Y a-t-il la moindre chance qu'il me pardonne ? Je me suis mis des œillères pendant des mois, à refuser de penser à l'issue inéluctable de cette histoire. À me convaincre que ses sentiments pour moi lui permettraient de surmonter tous ces mensonges. *Mes* mensonges.

Tu aurais dû y penser avant, ma chérie... Je chasse d'un mouvement de tête la voix de ma mère, toujours moralisatrice. Je sais que j'aurais dû réfléchir davantage aux conséquences avant de participer à cette émission, que j'aurais pu me mettre à la place de Gabriel au lieu de simplement voir ça comme un jeu où je pouvais gagner le gros lot.

Et pourtant, je ne peux m'empêcher de me dire que je suis mille fois plus pardonnable que sa Chloé.

J'espère qu'il pourra voir au-delà des apparences, prendre du recul et se souvenir de ce qu'on a vécu ensemble. Se rendre compte que j'ai préféré décliner la mission qu'on me proposait pour rester avec lui. Parce que j'avais envie de nous donner une chance, j'ai repoussé une fois de plus le rêve qui me tient aux tripes depuis toujours. Il va forcément prendre conscience du sacrifice que j'ai fait, non ?

Tout était réel entre nous, et je voudrais tellement croire qu'il ne va pas se laisser influencer par l'argent, qu'il ne va pas choisir la solution de facilité...

Je retire distraitement le collier à breloques dans lequel est dissimulée la caméra qui a filmé en non-stop depuis six mois. Je n'en ai plus l'usage, à présent.

14.

Entracte

Lucille

Je m'appelle Lucille Bellanger et je suis chargée de production chez Fidèle au poste depuis un peu plus de deux ans. C'est la première fois qu'on me confie une émission de téléréalité, et je suis ravie qu'on m'ait enfin donné ma chance, surtout qu'une grande chaîne a acheté le programme pour une diffusion en prime time !

Il faut dire que le jeu qu'on propose est innovant, et ce n'est pas évident de dénicher un programme original quand on voit le nombre d'émissions du genre qui existe déjà.

Le concept de *Veuf à prendre* est extrêmement simple. La première candidate – l'épouse – fait croire à son mari qu'elle est morte. La seconde candidate – la rivale – entre alors en jeu pour séduire le jeune veuf. À partir de la première rencontre, elle a exactement six mois pour qu'il la demande en mariage. Si elle parvient à ses fins, elle empoche 500 000 euros ; si elle échoue, c'est l'épouse qui remporte le pactole.

On n'a évidemment pas sélectionné les candidats au hasard. Vu le nombre de lettres qu'on a reçu, on avait l'embarras du choix.

J'ai tout de suite su que le couple de Chloé et Gabriel serait parfait. Ils réunissaient les critères de base, bien sûr : en couple depuis plus de cinq ans pour qu'on soit certain de leur stabilité, jeunes et séduisants tous les deux pour que nos téléspectateurs aient envie de suivre le programme et de rêver un peu.

Mais au-delà de ça, Chloé était la candidate idéale : sûre d'elle, sûre de son époux, avec assez d'arrogance et de vanité pour accepter de se prêter à la mascarade grandeur nature qu'on voulait organiser. Son envie d'être riche – et sa naïveté de croire qu'avec 500 000 euros on pouvait transformer radicalement sa vie... – était suffisamment forte pour qu'elle ne change pas d'avis en cours de route, à la vue, par exemple, de son mari effondré suite à sa disparition.

Gabriel, c'était le mari fidèle et dévoué, prêt à tout pour satisfaire les désirs de sa femme. Le genre d'homme fleur bleue qui devient l'ombre de son épouse. Tout à fait ce qu'on recherchait. On ne voulait surtout pas d'un play boy qui couche avec une autre le soir même de l'enterrement de sa femme. On voulait de la résistance, une lutte intérieure, de la culpabilité, pour qu'il y ait vraiment du suspense dans le jeu, que le public attende impatiemment l'épisode suivant.

Quant à Emma… Physiquement, elle correspondait exactement à ce qu'on recherchait : attirante, mais complètement différente de Chloé. Naturelle au lieu d'être maquillée de façon sophistiquée. Un air de gamine rebelle, façon Jean Seberg. Un côté mutin et spontané que la plupart des hommes adorent, allez savoir pourquoi. Mais c'est sa candeur qui nous a interpellés au premier abord. Elle était sincère quand elle nous a déclaré vouloir gagner les 500 000 euros pour partir à l'étranger faire de la photographie. Elle nous a sorti ses discours de liberté, d'indépendance, d'amour de l'art, et on a écouté d'une oreille. Ce n'était pas ça qui nous intéressait. C'était le fait qu'elle soit prête à tout pour réaliser son projet, et qu'elle n'ait absolument pas conscience des enjeux moraux de l'émission. À aucun moment avant d'entrer dans ce jeu, elle n'a eu l'air de se rendre compte qu'on lui demandait de jouer avec quelqu'un, de tirer parti de ses faiblesses, de le *manipuler*.

Elle était tellement innocente que c'en devenait drôle. Jamais je n'aurais cru qu'à notre époque on puisse être aussi naïf. À croire qu'elle n'a jamais réfléchi aux conséquences de ce qu'elle allait faire. On l'a sélectionnée parce qu'on a tout de suite senti que, derrière son discours qu'elle voulait engagé, c'était le genre de fille prête à s'amouracher du premier type gentil et esseulé qu'elle rencontrerait. Moi, j'appelle ça le syndrome de Mère Teresa. L'envie de sauver n'importe quel homme malheureux qui passe devant elle. Dès que j'ai rencontré Emma, j'ai su qu'elle s'attacherait à Gabriel malgré elle. Le psychiatre du programme qui lui a fait passer un entretien et un test de personnalité a confirmé que j'avais vu juste. On ne voulait pas d'une séductrice sans cœur : l'objectif, c'était que le téléspectateur assiste à l'idylle naissante entre ces deux personnages, qu'il *croie* à leur histoire d'amour.

Ne faites pas les innocents, tout le monde sait parfaitement que dans ce genre de programme tout le scénario est écrit à l'avance ! On ne peut pas se permettre d'improviser, de filmer sans savoir à quoi ça va finalement aboutir. Il y a de l'argent en jeu. Vous n'avez pas idée de combien a pu coûter la production de *Veuf à prendre* ! Entre les dispositifs de caméras cachées, l'argent dépensé pour le quotidien de Chloé pendant plus de sept mois, le salaire des monteurs, des figurants, des maquilleurs, des producteurs, et j'en passe, on arrive à plusieurs millions d'euros.

Alors, oui, on cherche des candidats avec un profil particulier, et si eux ignorent l'issue du jeu, nous, on sait parfaitement comment l'histoire va finir.

Pour nous, Chloé, c'était l'épouse-sorcière. La harpie superficielle et autoritaire. Le téléspectateur devait en venir à se demander pourquoi son mari l'avait épousée.

Gabriel tenait le rôle du mec gentil. Suiveur. Romantique. Anéanti par la mort soudaine de son épouse mais qui réapprend petit à petit à aimer une autre femme.

Et Emma, comme je vous l'ai dit, c'était la fille naïve et joyeuse.

Celle qui devait gagner à la fin.

C'était ça, notre scénario. Gabriel demande à Emma de l'épouser, et tout le monde est heureux. Sauf Chloé, mais peu importe : elle l'a bien mérité en faisant croire à son mari qu'elle était morte.

Pour aboutir au résultat escompté et pour accélérer un peu les choses quand elles traînent trop, on est forcément obligés de manipuler *légèrement* la réalité. Mais rien d'extraordinaire. On triche un peu, rien de plus.

À l'enterrement, un figurant incite Gabriel à aller au groupe de parole où Emma sera bénévole. Il faut bien qu'ils se rencontrent quelque part, non ? On voulait de l'authentique, alors on a choisi de s'intégrer incognito dans une association de deuil, avec des personnes réelles qui souffrent *pour de vrai*, plutôt que de recruter encore des comédiens.

On a donné à Emma des fiches pour qu'elle connaisse en détail tous les goûts de Gabriel. Il fallait bien lui donner un coup de pouce pour qu'elle ait une chance de séduire le « veuf » en si peu de temps.

On a inventé l'histoire avec Simon quand on l'a vu débarquer à l'enterrement. Chloé nous a expliqué qui il était et leur passé commun, et ça nous a donné l'idée de faire croire à Gabriel que sa femme le trompait encore. Pour que ça lui donne envie de tomber plus vite dans les bras d'Emma.

Pour ce qui est de l'avortement, on a longuement hésité. Pas pour des raisons morales, non, en fait on avait surtout peur que Gabriel aille enquêter à l'hôpital pour en savoir plus. Et à ce moment-là du jeu, on n'avait plus aucun budget pour soudoyer des médecins, surtout qu'en général ceux-là coûtent très cher. Même s'il s'agit de bouseux provinciaux.

Mais on a quand même tenté le coup, parce qu'on savait que cette nouvelle achèverait Gabriel. Lui qui rêvait de fonder une famille, il ne pourrait jamais pardonner à sa femme de l'avoir privé de son enfant sans même lui en avoir parlé. On a frappé fort, hein ! Et Chloé qui croyait dur comme fer qu'elle était devenue omnisciente, qu'elle voyait tout et que, bien sûr, on lui *montrait* tout… Décidément, j'aurai toujours du mal à comprendre comment les gens peuvent être aussi crédules. C'en est presque lassant, parfois.

Bon, après, j'avoue qu'on a *un peu* perdu le contrôle de la situation.

On a fait croire à Emma qu'une grande ONG voulait la recruter tout en sachant qu'elle ne pourrait pas accepter vu le contrat qu'elle avait signé avec nous et qui l'engageait jusqu'à la fin du jeu. L'idée, c'était encore une fois de pousser Gabriel à la retenir, qu'il prenne conscience qu'il risquait de perdre Emma et qu'il la demande enfin en mariage. Franchement, je crois qu'on a tout fait pour l'encourager, celui-là.

Malheureusement, on n'avait pas prévu qu'il incite Emma à partir. Sérieusement, vous en connaissez beaucoup, vous, des hommes qui choisissent de sacrifier leur bonheur au profit de celui de la femme qu'ils aiment ? On ne voit ça que dans les comédies romantiques, pas dans le monde réel ! *Pars réaliser tes rêves, mon amour. Je ne veux pas être celui qui te freinera.* Bla-bla-bla-bla-bla. Pff. Rien que d'y penser, j'ai la gerbe.

Il nous a foiré tout notre programme, ce crétin.

En ce moment, on finalise le montage de l'émission, qui devrait ensuite être diffusée début avril. Un peu de romantisme pour fêter l'arrivée du printemps.

On réfléchit à ce qu'on va garder ou couper, maintenant que notre scénario a été bousculé.

On essaye de tourner des séquences positives sur Chloé, histoire qu'elle plaise au public, que les téléspectateurs soient finalement plus de son côté que de celui d'Emma. Ça ne va pas être évident, surtout que ce sera forcément des vidéos « hors quotidien » de l'émission, vu qu'elle n'apparaît pas pendant six mois. On va faire des mini reportages sur sa vie avant le jeu, interviewer des proches qui l'adorent, peut-être inventer qu'elle est bénévole à la SPA ou autre (qui sait, ça la réconcilierait peut-être avec les chiens), histoire de la rendre sympathique. On filmera des entretiens avec elle, pour montrer à quel point elle est effondrée quand elle voit son mari se rapprocher d'Emma.

Je pense qu'il y a moyen de rattraper tout ça et de retomber sur nos pattes. Il suffit de bien monter les vidéos, d'avoir un commentaire en off favorable à Chloé, et le tour sera joué.

Ça va être un grand moment d'antenne, vous verrez. Mais tout ce que je vous ai dit reste entre nous, on est d'accord ?

15.

Février 2014

Chloé

Je suis revenue à la « vie » depuis un mois déjà. J'ai repris la nage, j'ai recommencé à courir.

Je compte bien que ce ne soit que temporaire, mais j'ai retrouvé mon poste au club ; la fille qu'ils venaient d'embaucher n'a finalement pas passé la période d'essai. Pas assez dynamique, ou pas assez sexy. Élise me regarde avec respect, à présent. J'ignore si c'est parce qu'elle admire le cran que j'ai eu de simuler ma mort pendant des mois, ou si c'est seulement parce qu'elle se dit que je suis peut-être riche. Et que ça pourrait lui rapporter d'être sympa avec moi – comme si on pouvait *m'acheter*.

Mon père ne me parle plus depuis que je lui ai raconté ce que j'avais fait. Oriane ne daigne même pas décrocher quand je l'appelle. Je n'ai aucun mal à imaginer son air condescendant.

Quand est-ce que tu grandiras, Chloé ? Il n'y a que ma mère – évidemment – pour compenser un peu ; elle, elle trouve que mon idée était « brillantissime » – c'est son mot à elle ; j'ai tenté de lui expliquer que plus personne ne disait « brillantissime » depuis trente ans, mais en vain. Elle me rassure comme elle peut quand je lui explique qu'avec Gabriel c'est devenu compliqué. Me répète qu'il faut lui laisser du temps pour digérer toute cette histoire, qu'il reviendra vers moi au bout du compte. « Si ce n'est pas par amour au début, ce sera pour l'argent. Ne t'en fais pas, ma puce. »

N'empêche que, depuis mon retour, je dors seule dans notre lit. Je me réveille tous les matins en regardant sur ma gauche, dans l'espoir que mon mari m'aurait rejointe et aurait retrouvé la place qu'il a occupée pendant tant d'années. Mais il s'obstine à dormir sur le clic-clac pourri de la chambre d'à côté.

J'ai beau lui expliquer de toutes les façons possibles que je n'ai jamais repris contact avec Simon depuis notre installation à Saint-Malo, j'ai l'impression qu'il ne me croit toujours pas. Simon m'a envoyé un seul mail après notre déménagement, pour savoir comment j'allais. J'ai répondu laconiquement que tout se passait merveilleusement bien, que j'adorais la Bretagne et que j'allais nager plusieurs fois par semaine. Point final.

Est-ce que c'est ma faute s'il s'est pointé à mon enterrement ? Si la production a inventé un petit mot complètement bidon pour faire croire des choses à Gabriel ? Si moi aussi, j'ai été *piégée* ?

« On est dans une émission de té-lé-vi-sion, Chloé ! Il faut bien qu'on s'amuse un peu, qu'on pimente le jeu ! », m'a répondu avec insouciance Lucille Bellanger lorsque je lui ai téléphoné pour avoir des explications.

Et cette histoire d'avortement, ça, c'est le pompon. Même si Lucille a confirmé – à contrecœur – à Gabriel qu'effectivement c'était encore un mensonge, on dirait qu'il subsiste toujours un doute pour lui.

– Je ne sais plus ce que je dois croire, Chloé. Tu trouves ça étonnant, après tout ce qui vient d'arriver ? Je suis incapable de dire qui tu es, je ne sais plus comment te faire confiance, ni même si j'en ai envie. J'ai l'impression d'avoir vécu huit ans avec une inconnue.

Tout de suite les grands mots.

– Et si tu étais vraiment tombée enceinte, tu aurais fait quoi ?

Sous l'amertume, le ton de mon mari devient presque menaçant. Son visage est fermé, ses poings se serrent de frustration, au point qu'instinctivement je recule de quelques centimètres.

– C'est quoi, cette question ? Je te dis que je n'ai jamais avorté de ma vie !

– Oui, mais si tu avais découvert que tu attendais un bébé, qu'est-ce que tu aurais décidé ?

– Je n'en sais rien puisque ce n'est pas arrivé ! Tu ne peux pas me reprocher une décision potentielle que j'aurais pu prendre, quand même !

– Donc potentiellement, tu aurais pu choisir d'avorter, sans même m'en parler.

– Je n'ai jamais dit ça, tu déformes mes paroles, Gabriel. Ce qui compte, ce sont les faits. Je ne suis jamais tombée enceinte, et je n'ai jamais avorté, d'accord ?

– Si tu le dis.

Il respire le mépris. Son ton, son regard, ses lèvres légèrement retroussées, sa posture en retrait, tout en lui n'est que… J'ai du mal à trouver le bon mot, mais lorsque enfin je mets le doigt dessus, c'est comme une gifle qui me mettrait K-O.

Tout en lui n'est que *dégoût*.

Voilà ce que j'inspire à mon mari.

On tourne en rond. J'ai beau essayer de me convaincre qu'avec le temps tout va redevenir comme avant, je commence malgré tout à épuiser mon stock de patience.

J'ai essayé la gentillesse et la douceur. Les larmes et les regrets. La colère. J'ai tenté de l'amadouer avec des cadeaux. J'ai même acheté une gamelle à son toutou adoré.

Rien ne marche. Le fossé continue de se creuser entre nous.

J'ai même du mal à réussir à croiser son regard, qui est devenu fuyant, insaisissable.

Il ne peut quand même pas me rejeter indéfiniment.

L'équipe de Fidèle au poste en rajoute une couche et me fait rencontrer le psychiatre de la boîte. « Vous verrez, Chloé, il est spécialisé dans tout ce qui touche à la téléréalité. Il sait ce par quoi vous êtes passée, il est le mieux à même de vous comprendre… », me susurre Lucille comme le serpent qui hypnotise Mowgli.

Dès le premier contact, je sais que le petit homme dégarni ne va pas me plaire. Son petit sourire satisfait, sa façon de m'expliquer qu'il sait parfaitement ce que j'ai traversé, et ce qui me reste encore à subir. Comme si je n'étais qu'une candidate semblable aux dizaines, centaines d'autres peut-être, qu'il a déjà rencontrées au cours de sa carrière. Comme si je n'étais pas unique, comme si j'étais un simple *produit*. Une machine un peu cassée qu'il faudrait réparer à la va-vite.

J'ai envie de lui dire qu'en huit mois j'ai gagné plus d'argent que lui ne peut en gagner en huit ans. Mais je m'abstiens, je préfère jouer la carte de l'humilité, de la modestie.

Il sort d'une pochette de cuir noir une liasse de documents agrafés et pose sur son nez une paire de lunettes rondes.

– Avez-vous du mal à dormir depuis la fin du jeu ?

– Pas particulièrement, non.

– Vous sentez-vous stressée, anxieuse, angoissée ? Souvent, parfois, jamais ?

– Jamais.

– Vous sentez-vous triste, mélancolique ? Souvent, parfois, jamais ?

– Jamais.

Assise sur ma chaise, les jambes croisées, j'agite mon pied en signe d'impatience. Le psychiatre dégarni ne le remarque pas, ou du moins ne réagit pas.

– On a bientôt fini, là ?

– Mon seul objectif, mademoiselle…

– C'est madame.

Je le coupe sèchement ; apparemment, cet abruti ignore que je suis mariée. Il a dû étudier très longuement mon dossier avant de me rencontrer. Impressionnante incompétence.

Le petit homme rondouillard retire ses lunettes et essuie les verres avec un mouchoir en tissu. Il prend tout son temps et j'en viens à penser qu'il le fait exprès. Lorsqu'il lève sa monture en l'air pour examiner le résultat, je résiste difficilement à l'envie de me lever et de quitter la pièce exiguë. Mais Lucille a surligné en jaune fluo le paragraphe dans mon contrat qui m'impose un bilan psychologique à l'issue du jeu. De son index, elle a tapoté avec un sourire carnassier les quelques lignes très explicites en murmurant : « C'est pour votre bien, vous savez... Gabriel et Emma ont eu une vie quasi normale durant ces derniers mois, mais ça n'a pas été votre cas. Nous tenons à vous, Chloé. Le bien-être de notre grande gagnante est primordial, à nos yeux ! »

Le psychiatre repose ses lunettes sur le bout de son nez et me fixe de son regard bleu délavé. Les secondes s'égrènent.

S'il cherche à m'impressionner, c'est raté. Il parvient seulement à m'exaspérer un peu plus.

– Mon seul objectif, madame, c'est de m'assurer que vous pourrez reprendre votre vie de la façon la plus normale possible. Je sais que le retour à la réalité peut s'avérer très compliqué après l'expérience que vous avez vécue, après cet isolement de plusieurs mois, puis ces brusques retrouvailles avec votre conjoint...

– Je vais parfaitement bien.

Il hoche la tête en marmonnant un « Mmm mmm » circonspect et note quelques mots sur sa feuille. J'essaye de lire mais, à l'envers, ses pattes de mouche sont indéchiffrables.

Je l'écoute d'une oreille distraite pendant encore une vingtaine de minutes, répondant machinalement à ses questions toutes plus stupides les unes que les autres. Il referme enfin son porte-document en soupirant longuement – il faut croire que son travail l'épuise vite –, puis il glisse vers moi un feuillet illisible.

– Qu'est-ce que c'est ?

– Une ordonnance. Rien d'exceptionnel. Du Deroxat, un demi-comprimé tous les matins. C'est un antidépresseur très léger. Et du Xanax, à prendre en cas d'anxiété. Ça vous aidera pour… la transition.

– Mais je vous ai dit que j'allais très bien, non ?

– J'ai bien compris, madame. Je ne suis pas sourd, seulement myope… Prenez l'ordonnance, d'accord ? On ne sait jamais.

Il me sourit avec une grimace apitoyée, et j'ai envie de rouler en boule son papier pour le lui enfoncer au fond de la gorge. Le faire taire, qu'il s'étouffe.

Je me contente de prendre un air aimable et soumis, de ranger l'ordonnance dans mon sac à main, et de sortir dignement de la pièce en le remerciant le plus chaleureusement possible.

L'hypocrisie, ça me connaît.

Gabriel

– Aujourd'hui, nous allons donc aborder un thème important dans le parcours du deuil : la colère. J'espère que vous avez pris le temps de réfléchir, durant le mois qui vient de s'écouler, à ce qui vous met encore en colère. Est-ce que quelqu'un souhaite s'exprimer ?

Gabriel a continué de venir au groupe de parole, Édith ayant accepté qu'il finisse le cycle complet des douze réunions, même s'il n'avait au final pas subi de véritable deuil. Elle a compris qu'en un sens, avec le retour de sa femme, il se retrouvait confronté à une épreuve difficile. Il devait faire le deuil de son passé *avant* le jeu, maintenant que tout avait changé. Quand il l'avait appelée et lui avait demandé d'une voix blanche s'il pouvait venir comme prévu à la prochaine séance, elle n'avait pas eu le cœur de lui dire qu'il n'avait plus sa place parmi les autres endeuillés.

En revanche, elle n'avait eu aucun mal à laisser un message glacial sur le répondeur de la photographe lui demandant de ne plus jamais mettre les pieds à Traverser Le Deuil. Emma avait tenté à plusieurs reprises de la rappeler, mais Édith n'avait pas décroché, les explications de la jeune femme ne l'intéressant aucunement.

Les participants se scrutent timidement du regard. C'est toujours difficile d'être le premier à prendre la parole, à briser le silence.

Gabriel se lance ; il a tellement de choses à dire qu'autant ne pas attendre indéfiniment qu'un autre participant prenne son courage à deux mains.

– Depuis un mois, j'ai le sentiment d'être une boule de colère. De rage, même. J'en veux à ma femme d'avoir accepté de prendre part à ce jeu stupide sans songer une minute à la souffrance qu'elle allait me faire endurer. D'avoir estimé que ce qu'on avait construit ensemble pouvait être balayé d'un simple revers de main uniquement pour de l'argent. Je lui en veux de ne pas comprendre ma façon de réagir depuis qu'elle est rentrée. Apparemment elle s'attendait à ce que je trépigne de joie à l'idée d'être riche. Comment j'ai pu me tromper à ce point sur elle ? Est-ce que j'ai été aveugle, est-ce que j'ai fermé les yeux sur ses défauts pendant tant d'années ? Est-ce que, dans un sens, tout ça pourrait être *ma* faute, est-ce qu'il se pourrait qu'aujourd'hui je paye d'avoir cru en elle… ?

Édith acquiesce en silence, pour encourager Gabriel à continuer. Ce dernier secoue la tête, comme pour balayer des pensées trop envahissantes. Il poursuit, les dents serrées :

– J'en veux à Emma, évidemment. Elle a joué avec moi, avec mes sentiments, avec mon chagrin. Elle a joué la comédie et m'a piégé sans jamais avoir eu le moindre remords, apparemment. Elle a disparu purement et simplement de la circulation du jour au lendemain, au point que, parfois, je me demande si elle a vraiment existé.

Gabriel sort son paquet de cigarettes de la poche de son pantalon, puis se rend compte qu'il ne peut évidemment pas fumer à l'intérieur. Il le pose sur la table et continue de parler sans regarder personne.

– Je suis en colère contre tous ces gens de la télé, qui sont prêts à inventer n'importe quoi pour un peu d'Audimat. J'ai été manipulé contre mon gré, et aujourd'hui je n'ai le contrôle sur rien, absolument rien ! Je ne peux même pas m'opposer à la diffusion de l'émission, car il s'avère que j'ai signé sans le savoir tous les contrats et autorisations possibles et imaginables. Au moment de l'enterrement de Chloé, l'employé des pompes funèbres m'a fait signer des dizaines de formulaires que je n'ai même pas lus tellement j'étais effondré et pressé d'en finir. Je suppose que c'est ma faute. J'aurais dû être moins naïf.

– Personne n'aurait agi autrement dans votre situation, Gabriel, murmure gentiment Laura. Comment auriez-vous pu imaginer une seule seconde que votre femme n'était pas *vraiment* morte ?

Marie-Hélène secoue la tête, horrifiée. Tous semblent penser que ce qu'a vécu Gabriel est dans un sens pire qu'un *simple* deuil.

Édith reprend la parole.

– Je vais vous donner à chacun une feuille de papier, sur laquelle vous allez pouvoir représenter le niveau de colère que vous ressentez envers les différentes personnes de votre entourage. La grille va de zéro à dix, dix étant le degré de colère le plus fort. Je vous laisse quelques minutes pour créer ce que j'appelle un « colérogramme ». L'idée sera de redécouvrir ces feuilles lors de la dernière séance du groupe de parole, en juin prochain, pour voir si votre colère a diminué.

Gabriel contemple la grille vierge.

En bas de la feuille, il inscrit le nom de Chloé, puis d'Emma. Il ajoute « la production », terme générique qui englobe tous ceux ayant participé de près ou de loin à la conception de *Veuf à prendre*.

En face de « Chloé », il trace un trait qui monte jusqu'au chiffre sept.

En face d'« Emma », un trait qui monte jusqu'à huit, parce qu'il a l'impression qu'elle l'a encore plus trahi que sa femme.

Un six pour les gens de la télé.

Gabriel s'apprête à rendre sa grille mais se ravise.

Il ajoute « Gabriel » dans la liste des noms. Et trace un trait qui dépasse le dix. Parce qu'il n'a rien vu, parce qu'il a subi bêtement sans rien anticiper de ce qui allait se produire, parce qu'il a accordé sa confiance comme on distribue des miettes de pain aux moineaux, parce qu'il ne sait plus où il en est ni ce qu'il doit penser.

Parce qu'il se sent encore plus en deuil que lorsqu'il avait appris la pseudo-noyade de Chloé.

Emma

J'ai laissé quasiment deux mois à Gabriel pour prendre du recul. Je n'ai pas cédé à la tentation de lui téléphoner, quand bien même je ne faisais que penser à lui.

Hier, j'ai décidé que j'avais attendu suffisamment longtemps et je me suis enfin autorisée à composer son numéro, que je connais par cœur. Au bout de cinq sonneries interminables, je suis tombée sur son répondeur.

Depuis, j'ai tenté de l'appeler quatre fois, en vain. J'ai fini par laisser un message lui proposant de me recontacter. « Il faut qu'on parle de ce qui s'est passé. » Au moment où je prononce cette phrase, je me rends compte que je ne peux probablement pas faire plus cliché.

Édith aussi refuse de répondre à mes coups de fil. Je n'ai même pas pu lui expliquer que mon engagement dans son association était sincère. Mais si elle avait accepté de m'écouter, est-ce qu'elle m'aurait crue, de toute façon ?

Aujourd'hui, après être une fois de plus tombée sur le répondeur de Gabriel, je prends mon courage à deux mains. Il faut que je le voie. Qu'il entende ce que j'ai à dire. Je suis incapable de renoncer sans me battre, même si ça semble perdu d'avance.

Un peu avant 19 heures, heure à laquelle Gabriel a l'habitude de quitter le travail, je me plante en face de la Société générale rue Clemenceau et j'attends discrètement, adossée à l'abribus qui me permet d'avoir une vue dégagée sur l'entrée de la banque. J'essaye de faire abstraction de la petite pluie fine qui, à présent que je suis immobile, commence à former une mince pellicule glacée sur mon visage et mes vêtements. Je remonte le col de ma veste en cuir et enfonce les mains dans mes poches sans quitter la porte vitrée des yeux.

Les minutes s'égrènent au ralenti, et je me rends compte que je n'ai rien préparé, que je n'ai aucune idée de ce que je vais dire à Gabriel une fois que je l'apercevrai de l'autre côté de la rue. Une bouffée de stress m'envahit et je commence à chercher les paroles les plus justes, celles qui pourraient faire mouche. C'est alors que mon regard tombe sur une femme, vêtue d'un long manteau sombre à boutons brillants, qui s'approche d'un pas décidé. Je me décale prestement ; avec son parapluie en bouclier, elle n'a même pas dû voir que je me trouvais sur son chemin.

Mais curieusement, une fois à ma hauteur, les bottes à talons ralentissent, et lorsque je lève les yeux, le visage en face du mien m'est douloureusement familier.

Même si je ne l'ai jamais vue en vrai, je reconnais immédiatement la femme de Gabriel. Elle tient fermement son parapluie et, dans les lumières de la nuit, je vois les gouttes de pluie dégouliner autour d'elle.

Pendant ce qui me semble une éternité, elle et moi nous mesurons du regard, comme deux boxeuses qui se jaugeraient avant de porter le coup final.

– Qu'est-ce que vous venez faire là ? lâche-t-elle sèchement.

– Je... Je passais par là, et...

J'expire calmement. Ne pas me laisser impressionner, ne pas la laisser avoir le dessus.

– J'avais besoin de parler à Gabriel.

Je redresse la tête tout en ébouriffant mes cheveux humides. Brusquement, je sens qu'à l'intérieur de mes Converse mes pieds sont trempés. Chloé reste imperturbable, sûre d'elle, perchée à cinq centimètres du sol.

– Je comprends… Je suppose qu'il refuse de décrocher son téléphone, de répondre à vos messages, c'est ça ? Alors vous vous êtes dit que vous alliez le forcer à vous écouter, quand bien même lui n'avait aucun *besoin* de vous revoir. C'est triste d'en être réduite à ça, vous ne trouvez pas ?

Chloé me regarde d'un air apitoyé, presque compatissant, et brutalement je me sens minable d'être venue guetter Gabriel à la sortie de son travail.

– Je voulais seulement qu'on puisse avoir une explication…

Je déteste le son de ma voix et l'impression de soumission qui s'en dégage. Chloé me sourit, presque gentiment.

– On a joué, Emma. Mais la partie est terminée depuis un moment déjà, et vous le savez. Il n'y a rien de plus pathétique que les mauvais perdants, vous ne trouvez pas ? Ceux qui refusent la défaite, qui refusent de reconnaître qu'ils n'ont pas été à la hauteur, que leur adversaire était plus fort qu'eux...

Sans rien laisser transparaître, je serre les poings au fond des poches de ma veste. Chloé recoiffe délicatement ses cheveux brillants avant de poursuivre.

– Mais vous savez quoi ? Au lieu de retrouver mon mari dans quelques instants, je vais faire demi-tour et rentrer chez moi. Comme ça, vous pourrez lui parler, même si je doute fort qu'il daigne même s'arrêter lorsqu'il vous apercevra. Je suis bonne joueuse, tentez donc votre chance si vous avez suffisamment confiance en vous.

Avant même que j'aie pu tenter de bredouiller quelques mots, Chloé tourne les talons et repart d'où elle est venue. Elle marche avec l'assurance d'un mannequin lors d'un défilé, consciente, sans doute, de mon regard qui la suit, habituée à être contemplée et à ne pas passer inaperçue.

Quelques minutes plus tard, une silhouette sombre sort de la banque. Gabriel. Sans un regard autour de lui, il tourne à gauche et commence à remonter la rue venteuse.

Mes pieds refusent de faire le moindre pas. À quoi bon.

Au fil des semaines, j'ai l'impression d'être une paria, recluse dans mon petit studio, à attendre je ne sais quoi. Je n'ai pas encore parlé de l'émission à mes parents, j'ai trop peur de la réaction de ma mère. Elle aurait sans doute pu comprendre ou au moins accepter ma participation à un tel jeu si j'avais remporté les 500 000 euros ; mais là, elle ne pourra que se dire que j'ai perdu mon temps. *Emma, comment tu as pu jouer comme ça avec les sentiments d'un autre être humain ? Ton père et moi, on n'a donc réussi à te transmettre aucune de nos valeurs ?*

J'ai encore un peu de temps avant la diffusion pour trouver comment présenter au mieux les choses. À moins de me contenter d'espérer que mes parents, par je ne sais quel miracle, n'entendent jamais parler de l'émission.

Après la rencontre avec Chloé, j'ai voulu accepter la mission à Gaza, mais quand j'ai rappelé le chargé de recrutement qui m'avait contactée en décembre, une voix métallique m'a annoncé que le numéro que je demandais n'était pas attribué.

Qu'est-ce que je croyais.

Qu'il n'y aurait que Gabriel qui serait manipulé, dans cette histoire ?

C'est de bonne guerre, après tout.

Alors, que faire, maintenant ?

Rester à Saint-Malo et espérer vainement avoir une explication avec Gabriel – peut-être même un happy end ?

Retourner à Arles et à la petite vie que j'avais avant de venir ici ?

Quitter enfin ce pays et tenter ma chance n'importe où, sans argent ?

16.

Mars 2014

Chloé

Il y a tout juste un an, je signais mon contrat dans le studio de Fidèle au poste.

J'avais parcouru les dizaines de clauses du document d'un air concentré, cherchant à tout prix à cacher que je ne comprenais pas grand-chose au vocabulaire juridique employé.

Lucille Bellanger, empressée, m'avait demandé si tout était clair pour moi.

La seule chose que j'avais retenue de la liasse de papiers qu'on m'avait donnée, c'était que grâce à Gabriel j'allais devenir riche.

Je n'avais pas compris que je m'engageais, après la fin du jeu, à ce que des caméras filment encore nos retrouvailles et notre quotidien pendant plusieurs mois.

Et il s'avère que Gabriel a – bêtement – signé tous les papiers en pensant choisir l'emplacement de ma tombe et mon cercueil.

Bref, on est coincés.

Dans ces conditions, c'est un peu compliqué de se retrouver… Je n'avais pas prévu de devoir vivre en étant filmée chez moi en permanence.

J'essaye de téléphoner à Gabriel dans la journée, pour qu'on puisse parler en toute liberté, mais il décroche rarement, ou se contente d'un bref « Je suis au travail, là ». Sous-entendu : « Je n'ai aucune envie de discuter avec toi. » Sous-entendu : « Fiche-moi la paix, je me passe très bien de toi. » Je surinterprète les rares mots qu'il me jette, je sais.

Pour être honnête, plus le temps passe et moins je sais comment m'y prendre avec lui.

Je n'irais pas jusqu'à dire que je regrette d'avoir participé à ce jeu, mais *presque*.

C'est ridicule, non ?…

Le virement de 500 000 euros est arrivé la semaine dernière sur notre compte courant.

Gabriel ne m'en a pas parlé, pourtant il s'en est forcément aperçu.

De mon côté je n'ai pas osé remettre ce sujet sur le tapis. Parce que lorsque le comptable de

Fidèle au poste m'a téléphoné il y a quinze jours pour me confirmer que le virement serait fait d'ici peu de temps, Gabriel n'a pas du tout eu la réaction que j'escomptais.

– Tu te rends compte, quand même, que tu es complètement à côté de la plaque, Chloé ?

– De quoi tu parles ?

– J'ai l'impression que tu vis dans une réalité différente de la mienne, différente de tout le monde, en fait. Tu es bien consciente de ce qu'on peut faire, aujourd'hui, avec 500 000 euros ?

J'avais froncé les sourcils, déroutée.

– Je ne comprends pas où tu veux en venir. On peut faire tout un tas de choses, la liste serait trop longue !

Gabriel, assis dans notre canapé, avait croisé les bras d'un air méprisant.

– Comme quoi, vas-y... ? Partir en vacances, acheter des fringues, une nouvelle voiture ? Je t'en prie, explique-moi ce que tu avais en tête quand tu as signé ton contrat.

Son regard était devenu mauvais, et le petit sourire qu'il affichait m'avait rendue méfiante.

– Je n'aime pas trop le ton sur lequel tu me parles, là.

– Oh, mais excuse-moi. Je me dis simplement que tu n'as sans doute pas assez réfléchi, que peut-être le conseil d'un de tes proches qui travaille dans la finance aurait pu t'être utile à l'époque. Mais après tout, ce n'est pas comme si tu partageais ta vie avec un « banquier », pas vrai ?

Je l'avais laissé continuer, tout en me composant un visage impassible.

– Parce que, concrètement, qu'est-ce qu'on peut faire avec un demi-million ? On peut se dire qu'on achète une maison à Saint-Malo, et après ça, il reste quoi, 200 000 euros environ. Avec cette somme, en admettant que 2 000 euros par mois nous suffisent pour vivre puisqu'on serait propriétaires, on tiendrait… même pas dix ans. Et encore, en supposant qu'on ne change absolument pas notre quotidien, qu'on reste vivre à Saint-Malo et qu'on ne fasse pas d'excès, pas de voyages au bout du monde ou d'achats démesurés. Non, la vérité, c'est qu'avec 500 000 euros on ne peut pas tout plaquer ni arrêter de travailler. Le champagne ne va pas couler à flots tous les soirs. Le mot « demi-million » fait peut-être rêver, mais ça ne permet à personne de vivre comme un prince.

J'avais serré les dents, furieuse. J'avais eu envie de lui dire que ses chiffres, il pouvait se les mettre là où je pensais, mais il était hors de question de lui donner raison.

– Si tu crois que je n'avais pas fait mes calculs moi-même, tu te trompes lourdement. Tu veux que je te dise, Gabriel ? Je te trouve aigri.

J'avais prestement tourné les talons sans lui laisser le temps de poursuivre sa démonstration et, surtout, sans qu'il puisse voir à quel point j'étais décontenancée.

Ce matin, de guerre lasse, je lui ai finalement demandé s'il préférait que je parte.

– On n'est pas obligés de vivre sous le même toit si tu ne me supportes plus… Je ne sais plus quoi dire ni quoi faire pour retrouver le mari que j'avais. Ce qui est fait est fait, Gabriel. J'aimerais qu'on puisse aller de l'avant, mais si ce n'est pas possible de le faire ensemble, alors on doit le faire chacun de notre côté… On ne peut pas continuer comme ça, ça n'a aucun sens. Je ne peux pas claquer des doigts et faire que d'un seul coup tu cesses enfin de m'en vouloir. J'aimerais pouvoir tout changer d'un coup de baguette magique, mais ça ne marche pas comme ça. Alors si tu ne me supportes plus, dis-le une bonne fois pour toutes.

Mon mari a continué à laver la vaisselle accumulée dans l'évier sans rien dire.

– J'ai eu droit à ta colère, à ton chagrin, et maintenant à ton indifférence. Ça fait plus de deux mois que je danse d'un pied sur l'autre, en ne sachant pas quoi faire pour que tu reviennes vers moi. Qu'est-ce que tu attends de moi ? Qu'est-ce que je pourrais dire pour que tu m'écoutes, pour que tu me pardonnes ? Je me suis trompée, c'est ça que tu veux entendre ?

Lassée de parler à son dos, je m'approche de lui et ferme le robinet. Sans un regard, il continue de frotter une pile de couverts.

– Eh bien voilà, ouvre grand tes oreilles, d'accord : je me suis trompée ! J'ai cru que tu serais assez fort, que toi aussi tu penserais après coup que ça valait la peine de se lancer dans ce jeu, et je me suis plantée. Comme quoi, on ne connaît jamais vraiment l'autre aussi bien qu'on le pense. Je suis désolée.

Aucune réaction, juste le bruit horripilant de l'éponge à récurer au fond de l'évier. Malgré moi, les larmes me montent aux yeux.

– Je t'en prie, pardonne-moi…

L'eau est si brûlante que la vapeur s'échappe en grosses volutes de l'évier.

– Tu m'as entendue ?

Je suis un fantôme.

Ironique, non.

J'arrête d'insister et pars courir avant d'aller donner mes cours au club. Je mets le son au maximum et une mélodie rythmée envahit mes tympans. Je calque mes pas sur les basses entêtantes ; ma bulle est en place.

Est-ce que tout ça aurait un sens sans Gabriel ? Lorsque je me suis lancée dans cette aventure, je n'ai pas songé une minute à la possibilité que sa douleur soit irréversible, qu'il y ait entre nous un amer goût d'irrémédiable. Mais les semaines passent et je commence à douter qu'il puisse se remettre de toute cette histoire, qu'il puisse enfin me pardonner. Peut-être l'ai-je surestimé, il est tellement plus fragile que moi. Tellement plus idéaliste.

Pourtant, toutes les fois où je rêvais à ce demi-million d'euros, c'est avec Gabriel que je m'imaginais. J'inventais la vie qu'on pourrait se construire si on se retrouvait subitement libres de toutes contraintes financières. Si l'argent n'entrait plus en ligne de compte pour la moindre décision. À l'époque, je ne me rendais pas compte qu'avec 500 000 euros on n'était finalement pas si riche que ça. Qu'une telle somme permettait, effectivement, d'acheter une maison en province, de se payer quelques voyages, mais qu'en aucun cas on ne pouvait tout plaquer en chantant à tue-tête « Au revoir, au revoir, président ».

Avant d'entrer dans le jeu, je rêvais à tout ce que cet argent rendrait possible, à tout ce que nous pourrions en faire tous les deux.

Tous les deux.

Et sans lui à mes côtés, je me demande si tous ces efforts ne deviendraient pas absurdes. Avoir de l'argent sans Gabriel, pour quoi faire ?

J'ignore comment lui expliquer tout ça, j'ai l'impression qu'il a oublié tout de moi, qu'il ne sait plus pourquoi il m'a choisie, pourquoi il m'a aimée. Je voudrais qu'il se souvienne de nous, qu'il ne laisse pas ces quelques mois effacer tout le reste, mais je me sens impuissante face à son indifférence.

J'ai envie de me planter devant lui en criant « C'est moi ! », mais j'ai trop peur de son regard glacial qui me traverse sans véritablement me voir. *C'est moi…*

Quand je rentre en fin de journée, harassée après avoir enchaîné plusieurs cours de cardio, Gabriel a préparé le dîner. Des lasagnes au saumon. Je les reconnais à l'odeur alléchante qui provient de la cuisine.

Je pose mon sac à main par terre dans l'entrée et le rejoins dans la cuisine, hésitante.

Il s'approche de moi et me fixe d'un air impassible. Je suis incapable de deviner son état d'esprit. Enfin, il prend la parole, dans un murmure.

– On fait la paix ?

Méfiante, je hoche la tête en m'asseyant sur un des tabourets de bar. « On fait la paix » ? J'ai l'impression d'être une enfant de dix ans qui joue au loup dans la cour de récréation. Et qu'enfin Gabriel vient de lever le pouce, vaincu.

Est-ce qu'il s'agit d'une simple trêve entre deux combats ou d'un véritable armistice ?

Je suppose que seul le temps le dira. Je garde mes questions pour moi et lui souris timidement. Hors de question de briser cet instant avec des interrogations qui risqueraient de le braquer, je préfère prendre ce qu'il accepte de me donner. J'ai presque l'impression d'être à un premier rendez-vous. Celui où l'on veut plaire à l'autre à tout prix, celui où l'on craint le moindre faux pas, le moindre silence un peu trop long.

Gabriel me verse un verre de sancerre et il avance le sien vers moi pour trinquer.

– À nous ?

Gabriel

Il avait bien été tenté de démonter toutes les caméras dissimulées dans chacune des pièces de la maison, mais Chloé l'avait convaincu d'abandonner cette idée s'il ne voulait pas devoir renoncer aux 500 000 euros.

Si l'argent ne l'intéresse pas plus que cela, Gabriel est malgré tout assez pragmatique pour comprendre qu'il serait stupide d'avoir enduré toute cette mascarade pour rien.

Il déteste les conflits, lui qui a passé son enfance entre deux parents qui se hurlaient dessus soir après soir et qui se fusillaient du regard dès le petit déjeuner. Il s'est toujours promis qu'il ne revivrait pas ça, quoi qu'il puisse lui en coûter. Il a dit tout ce qu'il avait à dire à Chloé, et il n'est pas du genre à répéter inlassablement les mêmes mots, les mêmes reproches. Surtout, il refuse que leur maison en vienne à abriter une guerre des tranchées. Alors, il choisit de mettre de l'eau dans son vin et de laisser Chloé revenir vers lui, tout doucement. Il espère que son trop-plein d'émotions va s'atténuer avec le temps, que bientôt il ne sera plus autant à fleur de peau. Et qu'il pourra aller de l'avant.

Il contemple les flacons de vernis alignés sur le bord du lavabo de la salle de bains, il effleure les vêtements de Chloé qui ont retrouvé leur place dans la penderie, il remarque, çà et là, toutes ses affaires qui traînent. Son pull anthracite sur la rampe de l'escalier, une plaquette de chocolat blanc sur la table basse du salon, son mug à côté de l'évier avec un sachet de thé abandonné. Comme si rien n'avait jamais bougé, ne s'était *passé*.

Comme si tout était comme avant.

Il débarrasse la table de la veille, pensivement.

En attendant qu'enfin la production ait bouclé son programme, il se sent impuissant, condamné à attendre pour retrouver un semblant de liberté. La seule chose qu'il a eu le pouvoir de faire, c'est refuser d'être interviewé pour *Veuf à prendre*. Chloé s'est prêtée au jeu, elle a pu crier sa joie d'avoir gagné, son espoir de retrouver son mari et d'entamer une nouvelle vie à ses côtés. De son côté, il était hors de question de témoigner face aux caméras. S'il s'était fait piéger, il refusait néanmoins de cautionner quoi que ce soit.

Ce midi, il retrouve Geoffrey pour sa pause-déjeuner, et les deux amis vont manger un sandwich en marchant dans le parc situé à égale distance de leurs lieux de travail respectifs. Le temps est particulièrement doux pour la saison et les promeneurs sont nombreux.

– Alors, vieux, ça fait quoi d'être riche ? interroge Geoffrey, impatient d'avoir le point de vue de Gabriel sur toute cette aventure.

– Pas grand-chose.

– Pas grand-chose ? Non mais attends, tu te rends compte que ta vie va changer du tout au tout, là ! Imagine ce qu'on peut faire avec 500 000 euros ! Moi, si j'avais une telle somme, je plaquerais tout. J'arrêterais de trimer comme un con cinq jours sur sept pour une misère, déjà. En plus, je suis sûr que rien qu'en plaçant une telle somme tu peux vivre des intérêts !

Gabriel sourit. Geoffrey semble parfois oublier que c'est lui, le conseiller financier. Il a déjà fait lui-même tous ces calculs.

Bien sûr, il s'est laissé aller à dépeindre un tableau exagérément sombre à Chloé, pour lui rabattre un peu son caquet. Il lui a parlé d'acheter une maison, alors qu'il est bien placé pour savoir qu'ils n'auraient financièrement aucun intérêt à payer comptant plutôt que de contracter un emprunt. Mais ç'avait été trop tentant de lui renvoyer à la figure son enthousiasme démesuré. Lorsqu'il avait compris jusqu'où elle avait été capable d'aller pour de l'argent, il s'était senti tellement humilié, tellement *minable*. Et il avait eu envie que Chloé ressente la même chose. Qu'avec une démonstration mathématique basique son regard vacille, même un bref instant.

Geoffrey continue de rêver tout haut, et Gabriel n'a pas le courage de détromper complètement son ami. Parce qu'en étant objectif il est évident que, même avec un placement sécurisé, lui et Chloé pourraient effectivement toucher, sans rien faire, un revenu annuel complémentaire confortable. Pas de quoi jouer aux rois du pétrole, mais les faits sont là : la richesse attire la richesse.

– Je ferais mes valises et je partirais faire le tour du monde pendant au moins un an ! Ça, je peux te dire que je saurais comment en profiter, moi ! Vous n'avez encore aucun projet, avec Chloé ?

– On n'a pas eu l'occasion d'y réfléchir, pour le moment.

– Ne me dis pas que tu penses encore à cette petite photographe ? Elle s'est servie de toi, mais maintenant il faut que tu passes à autre chose !

– Si ça se trouve, elle était sincère.

– Tu lui as parlé, depuis janvier ?

Gabriel secoue la tête. Depuis plusieurs semaines, il efface régulièrement les messages qu'Emma laisse sur son répondeur. Sans les écouter.

Geoffrey reprend.

– Et puis, ça changerait quoi, qu'elle ait été sincère avec toi ?

– Rien. Tu as raison, ça ne changerait strictement rien.

Si Emma a menti sur toute la ligne, il n'a aucune raison de se morfondre en pensant à elle. Et si elle était vraiment amoureuse de lui, il ne pouvait de toute façon que la laisser partir, comme il l'avait fait en lui achetant ce billet d'avion. Emma n'était pas un oiseau qu'on garde en cage. Dans les deux cas, il préférait ne plus entendre parler d'elle.

– Tu en es où avec Chloé ? Tu dors toujours sur le clic-clac ? plaisante Geoffrey.

– Non... On essaye de recoller les morceaux. Ça va prendre du temps. Mais on fait tous les deux des efforts, alors on devrait parvenir à se retrouver...

– T'as pas l'impression d'être un peu mélodramatique, là ? D'accord, ce n'était pas marrant de croire pendant des mois qu'elle était morte, mais à un moment il faut passer l'éponge, non ?

– C'est ce que j'essaye de faire, justement.

Tout est toujours simple pour Geoffrey. Il ne voit pas en quoi c'est difficile de reprendre sa vie après des mois de manipulation. Il ne comprend pas que ce qui fout Gabriel en l'air, ce n'est pas tant que Chloé lui ait menti pendant tout ce temps, c'est qu'à présent il ne sait plus comment lui faire confiance à nouveau. Les trois quarts du temps, il se sent vide, comme si un vampire avide lui avait sucé l'âme. Comme s'il avait laissé les canines aiguisées s'enfoncer en lui sans même résister. Il s'est souvenu d'une petite phrase qu'un ami d'enfance lui avait lancée, un soir où Gabriel s'était désisté pour une soirée, préférant aller rejoindre Chloé qui n'était pas encore sa femme : « On dirait qu'il n'y a qu'elle dans ta vie... Parfois, on dirait même que tu *es* elle ! » La petite voix répète cette phrase anodine en boucle depuis quelques jours.

Il se demande qui il est aujourd'hui. Qui il serait s'il n'avait jamais rencontré Chloé. Et s'il aurait été un autre homme, sans elle.

La voix rieuse de Geoffrey le sort de sa rêverie.

– En tout cas, si tu ne sais pas quoi faire de cet argent, n'hésite surtout pas à me le donner, hein ! Moi, j'ai une dizaine d'idées à la minute sur comment le dépenser.

Emma

Gabriel,

Je suis devant cette feuille depuis presque une heure, à réfléchir à quels mots choisir alors qu'aucun ne semble sonner juste.

Je t'écris cette lettre puisque tu refuses de me parler. C'est ma dernière tentative pour entrer en contact avec toi, ne t'inquiète pas. Je ne suis pas le genre de femme qui harcèle l'homme qu'elle aime. Si tu ne me réponds pas, je ne chercherai plus à te joindre.

Tu ne croiras sans doute rien de ce que je vais pouvoir écrire, mais je tiens malgré tout à te dire la vérité, ma vérité. Tu en feras ce que tu veux.

J'ai accepté de participer à ce jeu parce que je rêvais de devenir une grande photographe, je voulais avoir les moyens de tout quitter, de vivre de mon art sans penser à la contrainte de l'argent. Quand j'ai signé mon contrat avec Fidèle au poste, pour moi, c'était exactement comme acheter un ticket de Loto. La possibilité d'être riche facilement et relativement rapidement. Je n'avais pas conscience que je ferais souffrir quelqu'un au passage.

Je sais, je suis naïve.

Quand j'ai compris ce que je faisais, il était trop tard. J'étais engagée, je ne pouvais plus reculer, et je ne pouvais pas non plus te révéler la vérité. Alors j'ai continué, je me suis embourbée et je me suis attachée à toi.

Au fil des semaines, puis des mois, je suis tombée amoureuse de toi, malgré moi. Cent fois, j'ai voulu tout te dire. Même si tu me détestes aujourd'hui, tu sais que je ne pouvais pas le faire. Tu sais comme on s'est tous fait piéger, dans cette histoire.

Je t'aime, vraiment. Et je suis désolée, sincèrement.

Je ne sais pas ce que je peux te dire de plus, je ne sais pas comment te prouver que je tiens à toi, à part en te rappelant que lorsque j'ai eu l'occasion de partir réaliser mon rêve, je ne l'ai pas fait. Je t'ai choisi, toi.

À un moment du jeu, je me suis dit que si je gagnais, si je remportais les 500 000 euros et que je restais avec toi, tu saurais que j'avais été honnête, que notre relation n'était pas une simple comédie. Je me suis raccrochée à cet espoir.

Mais j'ai perdu.

Tu te souviens du cadre que je t'ai offert à Noël, avec cette photo de nous deux ?

Ouvre-le, s'il te plaît.

Fidèle au poste

Tu trouveras à l'intérieur un document que j'ai écrit et signé au mois de décembre 2013, avant la fin du jeu. Je m'y engage, en cas de victoire, à partager les gains avec toi. Le document a été établi par un notaire, il n'y avait aucun piège, aucune arnaque.

C'est la seule idée que j'ai eue pour te prouver ma sincérité vis-à-vis de toi en cas de défaite.

J'espère que tu trouveras la force de me pardonner.

Je t'aime.

Emma

17.

Avril 2014

Chloé

Quand une lettre adressée à Gabriel est arrivée la semaine dernière au courrier, j'ai tout de suite su de qui elle venait. Une enveloppe ivoire avec le nom de mon mari et notre adresse écrits à la main. Une écriture de femme, ça se reconnaissait tout de suite. Pas d'expéditeur indiqué, bien évidemment.

Mon premier réflexe a été de jeter la lettre à la poubelle, ni vu ni connu. Cette petite allumeuse faisait partie du passé, désormais. On commençait tout juste à se rapprocher, Gabriel et moi, et je n'avais pas besoin que cette fille revienne mettre de l'huile sur le feu.

Mais la curiosité a pris le dessus et j'ai ouvert l'enveloppe. J'avais suffisamment lu de *Club des Cinq* dans mon enfance pour savoir comment ouvrir discrètement un courrier en décollant le rabat de l'enveloppe avec de la vapeur d'eau.

J'ai donc mis une casserole sur le feu et, lentement, le papier s'est humidifié jusqu'à se décoller.

J'ai lu en diagonale la lettre à l'eau de rose d'Emma. Digne d'un roman Harlequin. Je ne sais vraiment pas ce que Gabriel a pu lui trouver. J'ai cherché un peu partout le cadre photo dont elle parlait, mais j'ai rapidement abandonné. Au fond, ça ne m'intéressait pas plus que ça de mettre la main dessus.

J'ai délicatement refermé l'enveloppe après y avoir remis la lettre pliée en quatre, puis je l'ai déposée sous deux dictionnaires épais, histoire qu'elle se raplatisse complètement et que Gabriel ne remarque rien.

Enfin, j'ai replacé le courrier entre les autres enveloppes que le facteur avait déposées le même jour.

Je n'ai pas jeté le courrier, car je n'ai aucune envie que ça me retombe dessus si jamais Gabriel apprenait la vérité. Et puis, soyons honnête : en y réfléchissant, je ne considère pas du tout Emma comme une menace. Certes, elle a pu séduire mon mari – « séduire » étant un bien grand mot – quand il me croyait morte, mais à présent je suis revenue, et elle n'aurait aucune chance face à moi.

Qu'est-ce que ça représente, six mois d'amourette en comparaison de huit années de vie commune ?

Gabriel mettra sans doute encore un peu de temps avant de me refaire totalement confiance, mais je sais qu'il y parviendra, je sais qu'il n'a pas envie de détruire tout ce qu'on a bâti ensemble durant toutes ces années.

Les sbires de Lucille Bellanger sont passés en début de semaine pour retirer enfin toutes les caméras dissimulées dans la maison. Ça leur a pris toute la matinée. Je me sens plus légère, à présent que je sais que mes moindres faits et gestes ne sont plus enregistrés. Ce n'est pas une vie d'être filmés comme des rats de laboratoire en cage, et je n'ai pas signé pour être le nouveau Truman Burbank…

Je sens que Gabriel respire un peu mieux, qu'il est plus spontané depuis que les caméras ont disparu. Il se rapproche de moi, je vois qu'il fait des efforts.

Il nous reste encore un dernier cap à passer avant de pouvoir retourner à une vie normale. La diffusion de l'émission doit démarrer dans quelques jours ; tous les lundis soir à 20 h 50, pendant huit semaines. Personnellement, j'ai hâte de me voir à la télévision, mais je sais que Gabriel appréhende. Il a déjà mal vécu les commentaires et les réactions de ses proches, alors j'ai peur que ce soit pire quand des connaissances ou des collègues le verront dans le jeu.

Ce sera un mauvais moment à passer – pour lui. Mais ensuite, je ne doute pas qu'on retournera bien vite à notre anonymat, dès qu'un nouveau programme prendra la relève. Les gens nous oublieront bien vite, et la société de consommation continuera de les gaver avec d'autres que nous.

Peut-être qu'ensuite il nous arrivera de temps à autre que quelqu'un – la boulangère, le vendeur chez Darty, un client au club ou à la banque – nous dise : « C'est étrange, j'ai l'impression de vous avoir déjà vus quelque part... »

Mais ça s'arrêtera là.

En attendant, je pense qu'il est grand temps d'aller faire un peu de shopping et de renouveler ma garde-robe.

Gabriel

S'il avait détesté les regards compatissants de sa famille et de ses amis quand Chloé était morte, il haïssait encore plus ceux qu'il devait subir depuis que *Veuf à prendre* était diffusé.

En prime time, évidemment. Histoire que la France entière puisse le reconnaître et s'apitoyer sur son sort.

Ce matin, au supermarché, il avait même reconnu son visage sur le magazine télé vendu aux caisses. « Gabriel restera-t-il fidèle à son épouse ou craquera-t-il pour la jolie Emma ? » Une photo prise à la volée au cimetière, lors d'une de ses visites à la tombe fictive de Chloé.

Encore six semaines à tenir pour que tout s'arrête.

Chloé lui avait proposé de partir en vacances pendant la diffusion, mais il lui avait répondu que de toute façon il ne pouvait pas s'absenter huit semaines de la banque, donc autant affronter la tempête médiatique qui risquait de s'abattre sur eux avant de disparaître sans doute aussi vite qu'elle était venue.

Gabriel avait coupé ses cheveux bouclés au début du mois, il lui restait à peine cinq millimètres sur le crâne. Ça n'était pas du goût de sa femme, mais elle n'avait pas eu son mot à dire. Il sortait avec une vieille casquette Nike vissée sur la tête et évitait de croiser le regard des passants dans la rue.

Pour ses clients à la banque, c'était une autre paire de manches. Il était bien souvent obligé d'écouter – même si seulement d'une oreille – leurs conseils, leurs questions, leurs critiques sur l'émission.

« Mais, au final, vous avez choisi qui ? Vous pouvez me le dire, je ne le répéterai à personne avant la fin du jeu ! »

« Franchement, à votre place, je serais devenu dingue de découvrir qu'on s'est servi de moi pendant des mois ! »

« Et Lucille Bellanger, elle est sympa, alors ? Vous qui l'avez vue de près, à votre avis, elle s'est fait refaire le nez ou pas ? Je suis quasiment sûre que oui… »

« Qui est-ce qui a gagné ? À mon avis, ce n'est pas vous, sinon pourquoi vous bosseriez encore ici, hein ? C'est la photographe qui a empoché le pactole et qui s'est tirée à l'étranger… »

« Moi, si j'étais vous, je porterais plainte. On n'a pas le droit de faire participer quelqu'un à un jeu télévisé contre son gré ! Si vous voulez, je peux vous recommander un ami avocat, c'est un as. Attendez, je dois avoir son numéro de téléphone… »

« Je ne comprends pas que des gens regardent encore ce genre de programme. Tout le monde sait que tout est truqué, alors où est l'intérêt ? Si ça se trouve, vous avez joué la comédie et suivi un scénario préétabli par la production, non ? Allez, avouez-le ! »

Gabriel fait de son mieux pour couper court à ces conversations, poliment. Son planning de rendez-vous est rempli pour deux mois à l'avance, tout le monde veut l'avoir comme conseiller financier.

Le quart d'heure de gloire promis par Andy Warhol dure un peu trop longtemps à son goût.

Il se demande parfois comment Emma vit cette surexposition médiatique. Elle a disparu de la circulation depuis la lettre qu'il a reçue le mois dernier. Il l'a lue plusieurs fois. Il n'a pas cherché le cadre photo pour savoir si elle disait vrai, parce que ce cadeau faisait partie de tout ce qu'il a jeté à la poubelle lorsqu'il a appris la vérité sur elle, en janvier dernier. Il s'était débarrassé de tout ce qu'elle avait laissé chez lui, même de sa machine à café qu'elle avait dû oublier dans la hâte de son départ après leur dîner au restaurant.

Et de toute façon, peu importait qu'elle dise la vérité ou non. Il n'avait plus envie de la croire.

De son côté, Chloé accorde des interviews à tous les journalistes qui l'appellent. Elle a la décence de ne pas lui en parler. Quand elle rentre le soir, elle ne dit jamais un mot sur l'émission. Il voit bien qu'elle fait tout son possible pour lui faciliter les choses. Lui aussi voudrait pouvoir faire de même, mais il ne sait pas tout à fait comment s'y prendre.

Il sait seulement que la seule chose qu'il puisse faire à présent, c'est attendre.

Et être patient.

Emma

La saison des mariages recommence à peine et mon planning ne fait que se vider depuis le début du mois. J'aurais certainement pu l'anticiper : qui a envie qu'une séductrice sans âme vienne photographier son mariage ?

Je me retrouve désœuvrée, et pendant ce temps mes maigres économies fondent à vue d'œil. Je ne vais pas pouvoir continuer à ce train-là pendant encore très longtemps.

Et puis, au fond, ça n'a aucun sens de rester toute seule en Bretagne. Gabriel ne reviendra pas, j'ai suffisamment attendu et espéré. Il faut être lucide.

Lucille Bellanger m'a téléphoné hier. Elle avait une proposition « é-pous-tou-flante » à me faire.

– Une idée de génie m'a traversé l'esprit cette nuit et je suis sûre que vous allez adorer ! Qu'est-ce que vous diriez, pour pimenter un peu l'émission, de révéler à Gabriel que vous êtes enceinte de quatre mois ? J'ai fait mes calculs, ça voudrait dire que la grossesse aurait démarré aux alentours du 25 décembre. Vous avez fait l'amour, à Noël ?

– …

– Bien sûr, on vous fabriquerait un petit ventre en silicone, et on vous donnerait une fausse échographie pour attendrir Gabriel ! À ce stade de la grossesse, on voit un vrai bébé en miniature, avec des petits bras et des petites jambes. C'est *trop* mignon ! Je pense même qu'on peut connaître le sexe ! Vous savez si Gabriel préférerait un garçon ou une fille ?

Lucille Bellanger parle à la vitesse d'une tornade qui dévaste tout sur son passage, avec un enthousiasme criard qui exige de moi une concentration extrême pour simplement réussir à en placer une au milieu de cette avalanche de mots sans queue ni tête.

– Vous êtes complètement dingue, c'est ça ?

– Pas du tout ! Attendez, j'ai pensé à tout : vous lui annoncez votre grossesse, il revient vers vous illico et, quelques semaines après, vous faites une fausse couche. Hop, le problème est réglé ; et vous n'aurez plus qu'à le consoler et le réconforter, une fois de plus ! De vous à moi, on sait que vous êtes douée pour ça, il n'y verra que du feu !

– Mais pourquoi vous voudriez inventer un scénario pareil ? Le jeu est terminé, ils ont remporté les 500 000 euros, qu'est-ce que vous voulez de plus ?

– C'est-à-dire que… Bon, je ne devrais pas vous en parler, Emma, mais la vérité, c'est que l'émission ne marche pas aussi bien qu'on l'espérait. Le premier épisode a eu une audience très prometteuse, mais les deux suivants ont stagné. Si on ne redresse pas la barre avec des bandes-annonces plus glamour, les téléspectateurs vont se désintéresser du jeu, et on risque de passer en deuxième partie de soirée. Ce serait *horrible* de finir aux oubliettes après tant de travail…

– Qu'est-ce que vous voulez que ça me fasse ?

À l'autre bout de la ligne, Lucille Bellanger pouffe de rire, elle semble étonnée.

– Allons, ma petite Emma, je ne suis pas née de la dernière pluie, je vous signale ! Il faudrait être miro pour ne pas voir que vous vous êtes vraiment attachée à Gabriel, que vous êtes tombée amoureuse de lui quasiment dès votre première rencontre !

– C'est faux…

Ma voix n'est pas très assurée, et je me maudis de ne pas savoir donner le change face à cette furie.

– On ne me la fait pas à moi, je sais ce que j'ai vu. Je pourrais même vous dire que je l'avais prévu, et que c'est pour ça que vous avez été sélectionnée au départ, alors soyez un peu honnête ! Je fais ça aussi pour vous aider, qu'est-ce que vous croyez ? C'est du gagnant-gagnant ! Ça me ferait plaisir que votre histoire d'amour ne se termine pas comme ça, sur un stupide malentendu. Ça me ferait plaisir que vous ayez votre happy end, vous le méritez en plus, après tout ce que vous avez sacrifié…

Sa voix devient douce et sirupeuse, et je lève les yeux au ciel. Elle me prend vraiment pour une cruche, quand même.

– Je crois qu'on s'est tout dit, Lucille. Je vais vous laisser…

Au bout du fil, je sentirais presque l'empressement avec lequel elle enlève son masque de copine complice.

– Non, attendez ! Puisque vous le prenez comme ça, je vais jouer cartes sur table. Je vous propose 20 000 euros pour vous prêter à ce petit jeu inoffensif. Franchement, c'est bien payé. Je ne proposerais pas autant d'argent à n'importe qui, croyez-moi.

– Je n'arrive pas à croire que vous puissiez penser un seul instant que je vais accepter… !

– Je sais que financièrement c'est compliqué pour vous, je voudrais juste vous donner un petit coup de pouce, rien de plus ! Ne me dites pas que vous n'êtes pas intéressée par l'argent, je n'y croirais pas une seconde… Alors, c'est oui ? Le virement peut être fait très rapidement, et je sais que vous n'êtes pas en mesure de cracher sur une telle somme en ce moment…

J'ai raccroché sans répondre et éteint mon téléphone.

Décidément, rien n'arrête cette nana.

Si ça continue, elle va bientôt me proposer de me suicider pour que Gabriel culpabilise et que ses téléspectateurs pleurent à chaudes larmes devant leur écran.

18.

Mai 2014

Chloé

– Alors, tu dois être très déçue qu'ils aient arrêté d'un seul coup la diffusion de l'émission ? me demande Oriane d'un ton moqueur.

Elle affiche le même petit air supérieur qu'elle prend toujours avec moi, comme si j'étais une pauvre fille stupide.

Elle a enfin accepté de me rappeler et a admis que si mon mari était capable de me pardonner, elle devrait pouvoir en faire autant. Gabriel et moi avons donc fait ce matin le trajet jusqu'à Rennes pour déjeuner chez elle, en compagnie de mes trois neveux et nièces. Maxime, son mari, est absent, mais il n'y a rien d'extraordinaire là-dedans. C'est un passionné de reconstitutions historiques, et il lui arrive régulièrement de partir tout le week-end pour participer à des tournois médiévaux. Je n'ai jamais vraiment compris l'intérêt de la chose, mais je suppose qu'enfant il adorait se déguiser et ce loisir lui permet de continuer à le faire en compagnie d'autres adultes aussi nostalgiques que lui…

Oriane et moi sommes donc confortablement installées sur la balancelle de son immense jardin, tandis que Gabriel joue au Frisbee avec Adrien et Alice, les deux aînés de la fratrie. Ma sœur me parle tout en donnant à Léontine son petit pot de légumes. La petite se tortille dans tous les sens ; visiblement, elle préférerait aller rejoindre ses frère et sœur plutôt que d'avaler la purée de panais que sa mère lui a concoctée.

– Ça m'est égal que *Veuf à prendre* n'ait pas marché. Je n'ai pas participé à ce jeu pour devenir une star de la télé, de toute façon. Mon seul objectif, c'était les 500 000 euros. En plus, Gabriel est soulagé que toute cette histoire se soit terminée en quelques semaines à peine.

Dès le quatrième épisode, l'émission n'avait plus été diffusée à 20 h 50 mais à 23 h 10. Et au vu des taux d'audience, la chaîne – au grand dam de Lucille Bellanger qui jouait probablement son début de carrière en pariant sur le succès du programme – avait décidé d'arrêter les frais et de stopper net la diffusion du jeu.

– Allez Léontine, encore une cuillerée et tu pourras aller jouer au Frisbee toi aussi.

Oriane fait tournoyer la cuillère argentée et la petite la suit des yeux d'un air renfrogné.

Quand la purée arrive devant sa bouche, elle daigne l'ouvrir et mâchonner les légumes tout en suivant du regard son frère qui lance le Frisbee à Gabriel.

– Vous en êtes où, tous les deux ?

Oriane prend son air de grande sœur concernée, et même si elle m'énerve quand elle fait ça, je sais qu'elle est sincère.

– Ça va beaucoup mieux. Je crois que cette histoire est enfin derrière nous. Je suis sûre que d'ici quelques mois ce ne sera plus qu'un vague souvenir pour Gabriel.

– Tu regrettes, quand même, d'avoir participé à un jeu aussi sordide ?

Je regarde Oriane qui essuie la bouche de Léontine. Je suis consternée par cette remarque, mais pas étonnée. Ma sœur ne comprend jamais rien.

– Bien sûr que non ! Gabriel et moi, on est riches ! Jusqu'à la fin de nos jours, on n'aura plus jamais à se soucier de l'argent ! On peut faire tout ce qu'on veut, sans compter.

Oriane ne répond pas. Je me mords la lèvre inférieure, mal à l'aise. Il est hors de question que j'admette devant elle que je suis très loin d'être Crésus. J'ignore si elle se tait parce qu'elle ne veut pas être celle qui brisera mes illusions, ou parce qu'elle non plus n'a pas conscience qu'avec la somme que j'ai gagnée je suis loin de pouvoir aller me la couler douce aux Bahamas pendant des années.

– Si j'avais perdu Gabriel, j'aurais peut-être regretté d'avoir été candidate, mais regarde : au final, tout s'arrange entre nous. Pourquoi est-ce que j'aurais des remords ?

– Si tu le dis. Vous avez des projets, alors ?

– Des tas ! Déjà, on va partir un mois cet été. On n'a pas encore choisi la destination, mais ce sera au soleil. Peut-être au Costa Rica, il paraît que c'est magnifique. Ça va nous faire du bien, un peu de vacances. J'ai déjà acheté des nouveaux maillots de bain en prévision.

Léontine sort de sa chaise haute et court rejoindre les autres en criant de joie.

– Et ensuite, je ne sais pas trop… Je pensais retourner à Paris, je ne me vois pas rester toute ma vie à Saint-Malo. L'hiver, la ville semble à moitié déserte, c'est déprimant à la longue. Mais je n'en ai pas encore parlé à Gabriel, je ne suis pas certaine qu'il sera aussi emballé que moi à l'idée de retourner en Ile-de-France. Je préfère attendre un peu avant de lui soumettre l'idée, on verra au retour de nos vacances. Mais une chose est sûre : je ne pourrai pas moisir dans une petite ville encore longtemps…

Alice vient s'asseoir entre sa mère et moi en boudant.

– Qu'est-ce qu'il y a, ma puce ?

– Léontine, elle sait pas jouer au Frisbee. Elle veut le garder pour elle au lieu de l'envoyer. Elle est chiante…

– Pardon ?

Oriane fait les gros yeux à sa fille.

– Elle est *embêtante*, se reprend Alice.

– Il faut être patient, ma chérie, elle est encore petite. Elle aussi a le droit de jouer un peu, non ?

Alice croise les bras en soupirant de toutes ses forces.

Je regarde Gabriel qui a attrapé Léontine et la fait sauter en l'air. La petite hurle de plaisir et répète « Encore, encore ! » avant même d'être retombée dans les bras de son oncle.

Alice se tourne vers moi.

– Et toi, tata, pourquoi t'as pas de bébé dans ton ventre ?

Oriane me jette un coup d'œil narquois.

– Je me posais justement la même question, Alice… Tu aimerais bien avoir un petit cousin ou une petite cousine ?

Gabriel arrive vers nous. Il tient Léontine par la main et s'éponge le front après avoir joué plus d'une heure avec les enfants.

Il semble heureux. Perdu dans ses pensées, il a un large sourire aux lèvres, comme s'il était enfin délivré d'un poids.

Je me demande si ce ne serait pas le moment de lui parler de son chien et de la possibilité de le rendre enfin à la SPA.

Je veux bien envisager l'idée d'un bébé, mais je ne peux pas être la seule à faire des concessions, quand même…

Gabriel

Lorsque Chloé lui avait proposé de renouveler leurs vœux de mariage, Gabriel s'était d'abord montré sceptique. Il n'avait jamais entendu parler de ça, et pour lui c'était encore une lubie de sa femme.

– Ça signifie retourner à la mairie puis à l'église, c'est ça ?

– Non, non, pas de grands tralalas. Juste nous deux qui préparerions un petit discours à dire à l'autre… C'est quelque chose qui se fait souvent au moment d'un anniversaire de mariage, ou quand le couple a traversé une épreuve difficile, et j'ai pensé que ça nous permettrait de prendre un nouveau départ, tous les deux…

Elle lui avait expliqué son idée en détail, et il s'était finalement dit que ce serait l'occasion parfaite pour montrer à tous leurs proches que cette histoire de jeu stupide faisait désormais partie du passé. Que lui et sa femme avaient réussi à aller de l'avant. Qu'il était parvenu à lui pardonner et à tirer le meilleur parti de toute cette situation rocambolesque.

Ses proches connaissaient sa grande faculté d'adaptation, souvent ils en parlaient comme d'une de ses qualités premières. Souple, conciliant, malléable. Voilà ce que les gens pensaient toujours de lui. Et c'est ce qu'il était, après tout. C'est ce qu'il avait toujours été. Agréable, bienveillant, prévenant. « Bonne pâte », comme disait son institutrice au CM2. Sa mère secouait la tête chaque fois, agacée. « Bonne pâte, bonne pâte… Quand je lui demande de ranger sa chambre, il ne va pas refuser et aller à la confrontation, ça c'est sûr. Mais s'il n'a pas envie de le faire, il se contentera de venir me cajoler avec ses "Oui, ma petite maman, promis je m'en occupe tout de suite !", et d'aller faire tout autre chose dès que j'aurai le dos tourné ! »

Chloé avait fait des efforts pour lui proposer quelque chose qui lui corresponde, et il avait presque été surpris de constater que sa femme connaissait ses goûts. Elle avait suggéré une cérémonie intime, où ils inviteraient uniquement leur famille proche et leurs amis.

– Ce n'est pas la peine de voir les choses en grand, on pourrait organiser un barbecue dans le jardin de tes parents, par exemple. Tu penses qu'ils seraient d'accord si on faisait ça dans un mois ? J'ai pensé que le dimanche 8 juin serait parfait, parce que le lundi est férié…

Au mot « barbecue », il avait failli tomber à la renverse.

– Tu veux dire, pas de petits-fours, pas de château, pas de pièce montée ?

– J'ai déjà eu tout ça quand on s'est mariés, chéri. Là, ce serait seulement pour réunir les gens qu'on aime autour de nous…

Gabriel avait accepté, et ses parents avaient été enchantés à l'idée de recevoir tout le monde chez eux.

– Excellente idée ! En plus, je viens d'offrir à ton père pour son anniversaire un nouveau barbecue au gaz ! Lui qui avait hâte de l'essayer et de tester toutes les recettes possibles et imaginables, ça tombe merveilleusement bien ! s'était réjouie sa mère.

Chloé avait passé un coup de fil à sa sœur et à ses parents, qui avaient accepté l'invitation, sans doute soulagés à l'idée que le couple se soit définitivement réconcilié. Elle avait aussi proposé à ses trois collègues de venir, ainsi qu'à ses anciens colocataires, Arthur et Guillaume.

Gabriel avait invité ses deux sœurs, même s'il les côtoyait peu, ainsi que Geoffrey, bien sûr. Il avait demandé à Chloé si elle verrait un inconvénient à ce qu'il invite Marie-Hélène et Laura, avec qui il avait sympathisé au fil des groupes de parole. Sa femme lui avait murmuré à l'oreille : « Tout ce que tu voudras, mon chéri… »

En tout, ils seraient une vingtaine, bien loin des cent cinquante invités de leur mariage.

Le soir, avant de s'endormir, Chloé posait la tête sur le torse de son mari, et ensemble ils imaginaient ce qu'ils pourraient s'offrir avec l'argent qu'ils avaient gagné. L'un comme l'autre savaient qu'ils rêvaient à voix haute, mais cela n'enlevait rien à leur plaisir.

Chloé pensait à toutes sortes de voyages plus exotiques les uns que les autres, elle rêvait de plages de sable blanc et d'eau turquoise. Gabriel proposait une excursion au Groenland ou un circuit-randonnée au fin fond de l'Islande, et Chloé acquiesçait doucement. De toute façon, avec tout l'argent qu'ils avaient, ils pouvaient bien visiter le monde entier.

Elle songeait à quitter son travail et imaginait les métiers excitants qu'elle pourrait exercer. Créer une entreprise de coaching sportif, inventer sa ligne de vêtements de course ou de maillots de bain, des tenues qui seraient à la fois confortables et glamour. Pourquoi pas investir dans les textiles du futur, les technologies dernier cri que les sportifs du monde entier s'arracheraient dans quelques années ? Gabriel parlait d'aller élever des chèvres en montagne ou d'ouvrir des gîtes en pleine campagne. Chloé faisait la sourde oreille et se demandait si son mari essayait de la tester en émettant des idées à l'opposé des siennes.

– Tu es sérieux ? Tu te vois habiter dans une maisonnette de pierre, au sommet d'une montagne, à devoir être ravitaillé par hélicoptère en hiver ?

– Bien sûr ! En plus, tu pourras nager dans le torrent qu'il y aura juste à côté, plaisantait Gabriel. Je te mettrai des brassards pour ne pas avoir à m'inquiéter.

Chloé pouffait de rire avant de dire « bonne nuit » à son mari. Le lendemain, il fallait se lever tôt pour aller travailler.

Gabriel fermait les yeux et songeait avant de sombrer dans le sommeil que, bientôt, il ne se contenterait plus d'imaginer son bonheur. Si ce « jeu » lui avait fait comprendre une seule chose, c'est que lui aussi avait le droit de rêver. Pendant des années, il avait accordé toute son attention aux désirs de Chloé. À présent, il s'était promis de ne plus oublier les siens au passage.

Emma

Je pousse la porte vitrée et la clochette retentit pour prévenir qu'un nouveau client vient d'arriver. La tatoueuse vient à ma rencontre et je constate qu'elle a désormais les cheveux turquoise foncé. L'air blasé, elle mâchonne son chewing-gum d'une façon qu'elle doit croire sexy mais qui n'est en réalité que vulgaire.

– C'est pour quoi ?

Je pense qu'elle ne me reconnaît même pas. Elle semble prendre autant de plaisir à dessiner sur la peau de ses clients que moi à photographier des couples de mariés souriants.

– Vous m'avez tatoué un aigle sur le poignet il y a bientôt un an, je ne sais pas si vous vous rappelez.

La fille, couverte de piercings un peu partout sur le visage, se contente d'attendre la suite d'un air absolument pas intéressé. Je relève la manche de ma veste en cuir pour lui montrer l'intérieur de mon poignet. Elle jette un coup d'œil rapide à mon tatouage.

– Ouais, et alors ? C'est un peu tard pour les réclamations.

– Je voudrais le modifier, vous pensez que ce serait possible ?

– Faut voir. Je pourrai pas le transformer en dauphin, en tout cas.

J'hésite à rire, mais vu son regard il ne s'agit apparemment pas d'une pointe d'humour. Je fouille dans ma sacoche et en sors un papier froissé, sur lequel j'ai décalqué l'aigle noir que j'ai ensuite modifié pour donner une idée du résultat final. La tatoueuse me le prend des mains et le contemple quelques instants, tout en faisant une bulle avec son chewing-gum.

– Mouais. C'est faisable. Je peux le faire à main levée en plus, ça ira vite. En un quart d'heure, c'est bouclé. Je peux vous prendre avant mon prochain rendez-vous. Enfin, si vous êtes sûre de vous, cette fois-ci, ajoute-t-elle d'un ton où pointe le mépris.

– Ne vous inquiétez pas pour ça, dis-je en retirant ma veste.

– Faites comme chez vous, alors.

Elle m'indique d'un geste l'arrière-boutique, et je vais m'installer dans le fauteuil en cuir noir élimé. Mécaniquement, elle sort son matériel, choisit ses encres et allume l'aiguille électrique.

– Ça va faire un peu mal.

– Je suis au courant.

Elle esquisse un sourire.

– Dans ce cas, c'est parti.

Je ferme les yeux et expire le plus lentement possible.

La semaine dernière, en rangeant mes affaires restées trop longtemps accumulées dans un coin de mon studio, je suis tombée sur l'enveloppe vert pâle que Gabriel m'avait offerte au restaurant. La toute dernière fois qu'on s'était vus, au final.

J'ai sorti le billet d'avion pour Tel-Aviv. La proposition de reportage dans la bande de Gaza était peut-être bidon, mais ce ticket Air France n'avait rien d'un faux.

Il me suffisait de faire ma valise, de prendre le train jusqu'à Roissy pour ensuite m'envoler pour Israël.

Qu'est-ce que j'avais encore à perdre ? Et surtout, qu'est-ce que j'avais à gagner en restant ici ?

Ma décision avait été très vite prise. J'avais mis le strict nécessaire dans ma valise – le reste de mes affaires ferait sûrement le bonheur du prochain locataire.

J'avais consolé ma mère au téléphone pendant plus d'une heure, elle pleurait comme si on lui avait annoncé la mort de sa fille. « Mais tu te rends compte, là-bas, c'est la guerre, Emma ! » Mon père lui avait pris le téléphone des mains et m'avait dit de faire attention à moi. « Donne-nous des nouvelles, d'accord ? Ta mère va me bassiner, sinon. » Il avait bien trop de fierté pour reconnaître que lui aussi allait s'inquiéter pour moi.

L'aiguille arrête brusquement de ronronner et je desserre les dents.

– C'est terminé. J'vous avais dit qu'il y en aurait pas pour très longtemps.

La tatoueuse nettoie ma peau à la hâte et me regarde d'un air interrogateur.

– Ça correspond à ce que vous vouliez ?

Je baisse le regard et hoche la tête.

– C'est parfait.

L'aigle a désormais une queue de longues plumes, où les couleurs ocre et sang se mêlent. Le rapace monochrome a cédé la place à un majestueux phénix.

Je suis prête pour ma nouvelle vie.

19.

Juin 2014

Chloé

La petite Alice avance lentement en tenant entre ses mains le coussin sur lequel reposent nos deux alliances. Elle est tellement concentrée pour ne pas les faire tomber qu'on dirait qu'elle essaye de les hypnotiser du regard.

– Regarde devant toi, chérie, murmure Oriane quand sa fille passe à côté d'elle.

Alice lève les yeux et sourit quand elle s'aperçoit qu'elle est presque arrivée à notre hauteur.

Lorsqu'il prend le coussin des mains de notre nièce, Gabriel lui chuchote à l'oreille « Merci infiniment, Mademoiselle ! », et la fillette rosit de plaisir avant de retourner en courant aux côtés de ses parents.

J'ai un peu le trac, je déteste parler en public. Je déplie le petit papier sur lequel j'ai écrit les mots que je compte prononcer. Je mordille ma lèvre et me détends quand je croise le regard encourageant de Gabriel.

– Quand tu as accepté de m'épouser il y a un peu plus de quatre ans, tu t'es engagé vis-à-vis de moi pour le meilleur et pour le pire… Durant l'année qui vient de s'écouler, je crois que je t'ai fait traverser le pire. Tu m'as crue morte et tu as dû continuer à avancer sans moi. Puis je suis revenue, et tu as dû réapprendre à avoir confiance en moi. Alors aujourd'hui, je voudrais te dire que le meilleur est devant nous. On va pouvoir réaliser tous nos rêves, ensemble. Je t'aime, Gabriel, et je suis heureuse d'être ta femme.

Je détache précautionneusement l'alliance de Gabriel avant de la lui passer à l'annulaire. J'ai fait graver à l'intérieur de l'anneau en or blanc la date d'aujourd'hui et quelques mots symboliques : « 8 juin 2014 – Pour le meilleur ».

Gabriel me sourit et nos proches, assis sur les chaises de jardin dépareillées qu'Oriane et mes parents ont apportées, applaudissent. Je replie mon petit papier et le garde au creux de mon poing fermé – je n'ai aucune poche où le glisser. Je rajuste discrètement la robe empire blanc cassé que j'ai achetée dans une petite boutique de Rennes le week-end dernier.

Gabriel s'éclaircit la voix.

– Chloé.

Il s'interrompt et plonge son regard dans le mien. Les secondes passent et j'attends la suite.

Tout le monde attend la suite.

Il se tourne vers nos invités en souriant.

– Vous savez comment Chloé et moi nous sommes rencontrés ? Elle m'a remarqué alors que je fumais une cigarette sur le trottoir, entre deux rendez-vous avec des clients. Elle a été jusqu'à changer de banque pour faire ma connaissance, vous vous rendez compte ?

Les rires fusent.

– Elle a débarqué un matin, à 9 heures, a écouté mon laïus sur nos offres d'épargne, et d'un seul coup elle a planté son regard dans le mien et m'a demandé si ça me dirait de déjeuner avec elle. Elle ne m'a même pas laissé le temps de répondre et est sortie de mon bureau comme une furie.

Je rougis devant un résumé aussi partial.

– Ce jour-là, j'aurais dû comprendre que quand Chloé veut quelque chose, elle est prête à tout pour l'obtenir. C'est toujours le cas aujourd'hui, d'ailleurs ! plaisante Gabriel.

Il se tourne à nouveau vers moi et me caresse doucement la joue d'un air attendri.

– Je t'aime à la folie, tu sais.

Il prend mon alliance et la glisse à son tour à mon annulaire. Je retrouve la sensation du métal froid qui m'a tant manqué. Mon mari prend mon visage entre ses mains et m'embrasse longuement.

Quand je reprends enfin mon souffle, le père de Gabriel se lève et crie à la cantonade :

– C'est l'heure des brochettes, les amis !

Gabriel

Pour la dernière séance du groupe de parole, Gabriel a apporté des cookies aux fruits rouges et au chocolat blanc, qu'il a confectionnés lui-même en fin d'après-midi. Chloé a réussi à en chiper deux, mais il a enfermé le reste des biscuits dans une grosse boîte en fer en lui interdisant d'y toucher. « Juré, craché », a-t-elle promis en postillonnant des miettes de gâteau.

Édith le remercie et pose la boîte sur une table dans le coin de la salle. Les cookies vont rejoindre les victuailles que les autres participants ont eux aussi apportées en prévision de l'auberge espagnole qui va clore les douze séances du groupe.

– Faire la paix avec soi-même. C'est le dernier thème qui nous reste à explorer. Je vous propose de faire un tour de table pour que chacun puisse s'exprimer. Si vous deviez comparer votre état d'esprit actuel avec celui d'il y a un an, quel chemin pensez-vous avoir parcouru ?

Assise à gauche d'Édith, Gisèle, qui vient de fêter ses soixante-quatre ans, ouvre le bal. Elle ne fait pas partie de ceux qui s'expriment le plus dans le groupe, mais le tour de table ne lui laisse pas le choix.

– Quand mon mari est décédé fin 2012, j'ai fait comme si j'étais capable d'encaisser et de continuer ma vie comme avant. J'ai voulu être forte pour mes enfants, effondrés de perdre leur père. J'ai voulu les protéger, les soutenir à tout prix. Et je n'avais personne pour m'aider, moi. Au fil des discussions que nous avons pu avoir tous ensemble, j'ai compris que j'avais le droit de ressentir de la souffrance, et de la montrer aux autres. Mes deux fils sont présents pour moi, désormais. Je suis loin d'avoir surmonté la mort de Guy, mais je sais que je suis sur la voie de la guérison… Grâce à vous tous.

Gisèle rougit un peu, elle n'a pas l'habitude d'exprimer ses sentiments à voix haute. Les participants applaudissent discrètement, et Édith lui serre doucement l'avant-bras en signe de compassion, tout en hochant gentiment la tête en direction de Michel, le prochain à prendre la parole.

– Il y a un an, j'étais rongé par les crises d'angoisse. Il n'y avait pas une journée sans attaques de panique, sans bouffées de chaleur, sans l'impression que mon cœur allait exploser dans ma poitrine... Vous vous rappelez tous comme c'était difficile pour moi de rester assis avec vous dans cette pièce... J'avais l'impression d'étouffer en permanence. Je ne dirais pas que maintenant tout est résolu, mais j'ai l'impression d'avoir réussi à accepter l'idée que n'importe qui peut mourir n'importe quand. Qu'il n'y a pas forcément quelque chose d'injuste là-dedans. Et qu'en attendant ce moment il faut tout faire pour profiter de la vie.

Les autres acquiescent. Laura raconte le chagrin qui est devenu supportable, acceptable, au fil des mois, même s'il continue de faire partie de son quotidien. Elle a rencontré un homme quelques semaines auparavant, et elle s'autorise à le voir de temps en temps, sans savoir si cela mènera à une vraie relation ou non. Marie-Hélène avoue que la montagne de culpabilité qu'elle trimballait avec elle depuis la mort de son fils Sacha se fait plus légère ; elle a compris que, quoi qu'elle fasse, elle n'aurait pas pu sauver son enfant, et qu'elle doit parvenir à se pardonner si elle veut essayer de vivre.

Quand arrive le tour d'Oscar, il rit doucement et explique que les autres ont déjà dit ce que lui-même ressent. Le chagrin qui s'amenuise, l'envie de hurler qui disparaît progressivement, la culpabilité qui s'efface pour faire place à la sérénité. Le deuil qui, à défaut d'être terminé, devient une douce souffrance.

Édith se tourne alors vers Gabriel, qui est assis à sa droite.

– Il ne reste plus que vous, Gabriel. Il y a quelques mois, vous sembliez dominé par votre colère. Est-ce encore le cas aujourd'hui ?

Gabriel secoue la tête.

– Quand Chloé est morte… (Gabriel fait le signe des guillemets avec deux doigts en crochets) j'ai cru que je ne m'en remettrais pas. Plus rien n'avait de sens, tout semblait terne. Mais quand elle est revenue, au final, c'était bien pire. J'ai eu l'impression d'avoir tout perdu, d'avoir été trahi, manipulé, humilié. J'ai cru qu'on ne pourrait pas surmonter cette histoire ensemble. Mais je me trompais. Au fil des semaines, elle a réussi à m'apprivoiser à nouveau, à me donner envie de lui refaire confiance. Surtout, elle a su attendre patiemment que je revienne vers elle, elle a accepté de me laisser le temps de prendre du recul. Sans jamais cesser de croire en nous et en notre couple, sans jamais baisser les bras. Aujourd'hui, je ne suis plus en colère. Au contraire, je me sens apaisé, serein. Comme elle me l'a dit lors du renouvellement de nos vœux de mariage, le meilleur reste à venir…

– Je crois que c'est une merveilleuse façon de clore ce groupe de parole, souligne Édith.

– Oui, et il est grand temps que vous goûtiez enfin à mes fameux cookies ! ajoute Gabriel en riant.

Emma

– L'embarquement se fera terminal 2E, porte 28, d'ici trente minutes environ.

L'hôtesse d'accueil rend à Emma son passeport, et sa valise rouge s'éloigne sur le tapis roulant, direction la soute. La jeune femme profite du temps qui reste avant le décollage pour passer aux toilettes et aller s'acheter un paquet de chewing-gums à la chlorophylle – elle déteste avoir les oreilles qui se bouchent en avion.

« Les passagers du vol AF354 à destination de Tel-Aviv sont priés de se rendre porte 28 pour embarquement immédiat. »

L'employé vérifie une nouvelle fois son billet et son passeport avant de la laisser pénétrer dans l'avion. Emma prend un exemplaire de *Libération* puis va s'installer à sa place, côté hublot.

Distraitement, elle met son MP3 et commence sa lecture, au fur et à mesure que les autres passagers embarquent bruyamment dans l'avion.

Elle n'a aucune idée précise de ce qu'elle fera à son arrivée. Et contrairement à ce qu'elle aurait cru, ça ne l'angoisse absolument pas. Au contraire, même. Elle se sent légère, légère... Même le fait de n'avoir presque pas d'argent devant elle ne suffit pas à la faire paniquer. Elle a confiance en l'avenir et en son talent. Elle compte bien tenter sa chance et aller le plus loin possible dans cette aventure, son reflex autour du cou.

Et si ça ne marchait pas, il lui resterait toujours la possibilité de rentrer à Arles, chez ses parents. Cette perspective est suffisamment effrayante pour la motiver à tout faire pour prendre de bonnes photos et réussir ensuite à les vendre à une agence de presse.

Nathan lui a prêté 2000 euros avant son départ. Emma était un peu gênée de lui demander de l'aider, alors qu'il s'agit de son frère cadet et qu'il ne travaille que depuis deux ans, mais il a balayé ses hésitations d'un haussement d'épaules.

– Je ne vois pas ça comme une aide, Emma. C'est un investissement qui va me rapporter gros dans un futur très proche. Je te file 2000 euros et en échange, quand tu seras célèbre, tu m'accorderas des interviews exclusives. J'imagine déjà mon article : « Emma Lenglet : la photo au péril de sa vie ».

Pour l'instant, Nathan est pigiste pour un quotidien local, mais il compte bien monter à Paris un jour et travailler dans une rédaction nationale.

– Dans tous les cas, je te rendrai tes 2 000 euros dès que je le pourrai. Je n'aime pas avoir des dettes.

– Comme tu veux. Tu essayeras de m'envoyer des mails, histoire que je sache où tu te trouves ? Et achète un gilet pare-balles avec mon argent, d'accord ?

Son frère parle sur le ton de la plaisanterie, mais ils savent tous les deux que son conseil est loin d'être ridicule.

Emma est tirée de ses pensées par un homme qui tente désespérément de faire rentrer une sacoche trop grande dans le compartiment au-dessus de sa tête. Après l'avoir tassé de toutes ses forces, l'homme en veste noire parvient enfin à caser le bagage et s'empresse de refermer le couvercle. Il s'assoit sur le siège à côté d'Emma et pousse un long soupir.

– J'ai bien cru que je n'allais jamais y arriver… ! Et l'hôtesse de l'air, c'est pas une marrante, à mon avis. Je l'ai échappé belle.

Il lui montre discrètement du doigt une femme en uniforme bleu marine. Effectivement, avec les bras croisés derrière le dos et une carrure digne d'un rugbyman, elle a l'air plutôt stricte et ne donne pas envie de plaisanter.

– Je vais vous confier un secret... En réalité, elle s'appelle Natacha Pétrouskova. Elle travaille pour la mafia russe.

– Ah oui ? Et que viendrait faire la mafia russe dans un vol Paris-Tel-Aviv ? lui demande Emma d'un air sceptique.

– Vous ne savez pas ?

Il prend un air pince-sans-rire et chuchote à son oreille.

– Les espions surveillent les contrefaçons de vodka ! Il paraît même qu'ils ont pour ordre de goûter chaque bouteille d'eau pour être sûrs qu'il ne s'agit pas d'alcool de contrebande !

– Pfff... N'importe quoi.

La jeune femme ne peut s'empêcher de rire tellement la plaisanterie est nulle.

– Je m'appelle Benjamin. Mais tout le monde m'appelle Ben.

L'inconnu lui tend la main. Il semble avoir l'âge d'Emma, quelques années de plus peut-être. Les cheveux courts et châtain foncé. Des yeux verts rieurs derrière une paire de lunettes en plastique noir. Une cicatrice sur l'arcade sourcilière et une barbe de quelques jours.

– Moi, c'est Emma. Mais tout le monde m'appelle Emma, enchaîne-t-elle d'un air narquois.

– Mmm, on dirait que vous avez un humour aussi développé que le mien, lui répond-il, sourire aux lèvres.

Elle accepte sa poignée de main.

– Alors, dites-moi tout, vous partez en vacances ?

Emma se sent en confiance et la conversation s'engage. Le vol doit durer presque cinq heures, ils auront amplement le temps de faire connaissance. Elle lui explique qu'elle est photographe.

– Waouh ! Une collègue, donc ! Moi je bosse pour une chaîne de télé, ils m'envoient régulièrement faire des reportages dans les zones de conflit. Je pars en mission avec ma caméra et mon micro et, une fois sur place, je me débrouille comme je peux pour survivre. Je rigole, mais je me suis déjà retrouvé dans des situations pas marrantes du tout.

Après avoir discuté plus de deux heures, Emma reprend la lecture de son journal et s'assoupit. L'excitation du départ l'a empêchée de dormir cette nuit, et il lui manque quelques heures de sommeil.

À côté d'elle, Benjamin retire ses lunettes et vérifie discrètement que la carte micro SD dissimulée dans l'une des branches est bien enclenchée. Vu le cinéma qu'il a dû faire pour être choisi comme candidat, il serait hors de question de tout faire foirer bêtement.

20.

Juillet 2014

Chloé

Hier soir, Gabriel a vérifié la météo sur Internet et m'a proposé d'aller faire un pique-nique le lendemain midi, dans notre crique. Nous n'y sommes pas retournés depuis ma « noyade », et ce serait l'endroit parfait pour passer un peu de temps rien qu'à deux et se retrouver comme avant.

Je prépare donc des sandwichs au poulet que je dépose dans la glacière en plastique, et Gabriel ajoute des fruits et deux bouteilles de champagne.

– Deux bouteilles ? Tu veux me saouler, avoue-le !

Je me colle contre son corps et il me serre dans ses bras.

– Madame Hamon, vous croyez vraiment que j'ai besoin de ça pour vous séduire ?

Il se penche pour me mordiller le lobe de l'oreille et je me liquéfie aussitôt. C'est fou l'effet qu'il me fait depuis que je suis revenue, c'est comme si j'avais un nouveau mari, comme si on venait de se rencontrer. L'impression qu'il donne de mener la danse est terriblement excitante, finalement. Moi qui ai toujours aimé avoir le dessus, je suis la première surprise de découvrir Gabriel sous un nouveau jour.

Nous nous installons sur la petite bande de sable, pour l'instant encore à l'ombre. J'avais oublié comme le va-et-vient des vagues pouvait être apaisant.

Gabriel me tend une coupe de champagne.

– À nous ?

– À nous.

Je bois une gorgée et soupire d'aise. Je ne voudrais être nulle part ailleurs.

Nous déjeunons en silence, nous n'avons pas besoin de parler pour être heureux, pour savourer ce moment de tranquillité. Au fur et à mesure des coupes, Gabriel devient entreprenant et je me laisse faire, alanguie. Ma tête tourne un peu et je ris doucement quand il dégrafe mon soutien-gorge. Il embrasse mon épaule, mes seins, mon ventre, et je lâche prise. Au bout de quelques minutes, il se rallonge à côté de moi et je reprends mon souffle. Je suis trop faible pour me relever, et Gabriel se redresse sur son coude.

– Est-ce que ça va ? me demande-t-il d'un ton inquiet.

– Je vais très bien, je suis juste un peu pompette… !

Je ne peux pas m'empêcher de rire, je me sens tellement bien. Il faut toujours que Gabriel se fasse du souci pour moi, au lieu de profiter de l'instant présent.

Penché au-dessus de moi, il me caresse doucement les cheveux, l'air attentionné.

– Repose-toi un peu, d'accord ? Je crois qu'on a abusé du champagne, me dit-il en me montrant d'un geste de la main les deux bouteilles vides.

– Mmm…

– Je vais aller faire quelques longueurs, pendant que tu fais une petite sieste. Et ensuite, quand tu te sentiras d'attaque, on rentrera à la maison.

Mon mari se lève et se dirige vers les vagues toutes proches.

– Non… attends-moi ! Moi aussi, je veux me baigner !

Je me lève en titubant et Gabriel court pour me rattraper.

– Ce n'est pas une bonne idée, chérie. Tu n'es pas en état de nager pour le moment.

– Oh, allez, Gabriel, ne commence pas à faire ton rabat-joie… Je ne suis pas non plus ivre morte, je te signale ! Et si tu me portais dans l'eau ? Je pourrais te faire toutes sortes de choses, tu sais…

Je m'efforce de prendre une voix langoureuse, mais je ne suis pas certaine de mon effet. Tout est flou autour de moi et je me concentre sur le visage de mon mari, qui hésite.

– Allez, porte-moi !

Gabriel cède et m'emporte dans l'eau.

– Tu ne me lâches pas, hein, Chloé ? Et on ne reste pas longtemps…

Je m'enfonce dans l'eau, blottie au creux de ses bras. Je ferme les yeux et laisse le soleil réchauffer mon visage. Gabriel marche dans les vagues et, lorsqu'il a de l'eau jusqu'à la poitrine, il s'arrête et me fait doucement tournoyer. J'ai juste la tête hors de l'eau, et la fraîcheur de la mer me fait du bien.

– Arrête, Gabriel, en fait je crois que je vais vomir…

Gabriel

Il baisse les yeux vers Chloé et la rassure.

– Tu veux qu'on retourne sur le sable ?

– Oui, s'il te plaît. Tu avais raison, ce n'était pas une bonne idée.

– Pardon ?

– J'ai dit que tu avais raison, que ce n'était pas une bonne idée…

Chloé marmonne et se passe la main sur le visage. Dans les bras de Gabriel, elle est pesante, molle.

– Qu'est-ce qui n'était pas une bonne idée ? Le jeu ?

Chloé fronce les sourcils, elle peine à ouvrir les yeux.

– Hein… ? De quoi tu parles ? Ramène-moi, je crois que je préfère rentrer…

Gabriel fait un pas et Chloé boit la tasse. Elle essaye de se redresser, de se cramponner à son mari, mais elle n'a aucune force. Ses bras doivent peser une tonne, son cerveau fonctionne certainement au ralenti.

– Allez, on sort de l'eau, chéri… Je ne me sens pas bien du tout, on dirait que le champagne ne me réussit pas…

– À moins que ce soit les trois Xanax que tu as avalés avec.

Chloé ouvre péniblement les yeux, elle n'a pas l'air de comprendre de quoi parle Gabriel.

– Ça te fait quoi, de retourner sur le lieu de ta mort ?

– Qu'est-ce que tu racontes… ? Ce n'est pas drôle, je me sens vraiment mal, là… Et je commence à avoir froid.

– Ce n'est pas *drôle* ?

Le ton de Gabriel se fait ironique.

– Parce que tu crois que ce que tu m'as fait endurer, c'était drôle, peut-être ?

– On a déjà parlé de tout ça, c'est derrière nous maintenant…

La voix de Chloé est pâteuse, elle bute sur les mots.

Gabriel regarde sa femme et se dit qu'elle ne mérite même pas d'explications. De toute façon, elle n'est probablement pas en état de comprendre quoi que ce soit, alors autant économiser sa salive.

Il aurait voulu qu'elle sache à quel point elle l'avait détruit, à quel point il la haïssait depuis qu'elle était revenue dans sa vie. Durant des années, il l'avait adorée, au sens propre du terme. Il l'avait mise sur un piédestal, il l'avait idéalisée. Elle était la femme parfaite, et ils formaient un couple fusionnel. Il était prêt à tout par amour pour elle, prêt à sacrifier ses propres désirs, prêt à devenir son ombre s'il le fallait. Et il avait cru que ses sentiments étaient réciproques, il avait cru qu'elle éprouvait la même passion. S'il était devenu incapable de l'aimer après ce putain de jeu, après qu'elle l'eut trahi, il ne pouvait pas juste la laisser partir. Il savait qu'elle l'aurait oublié bien vite, à présent qu'elle était riche. Il fallait qu'elle paye pour ces huit années de gâchis où il avait cru en eux, en elle.

Ces huit années qu'il avait passées avec une étrangère.

Il avait bien essayé de lui pardonner, mais c'était trop tard. En un sens, il fallait qu'il finisse le deuil qu'il avait commencé. Le goût amer qu'il avait en permanence dans la bouche refusait de le quitter. La haine grandissait jour après jour, chaque fois qu'elle ouvrait la bouche, chaque fois qu'elle riait. Et quand ce n'était pas la haine, c'était le dégoût. Il était écœuré rien qu'à l'idée de la toucher, de l'effleurer. Il s'était forcé à ne rien laisser paraître. Il avait joué la comédie devant elle et tous les autres. Il avait parfaitement tenu le rôle du mari aimant qui pardonne à sa femme.

Chloé crache de l'eau, elle tousse faiblement et essaye de reprendre son souffle malgré l'eau qui rentre dans ses narines, dans sa gorge. Gabriel sent qu'elle voudrait s'accrocher à lui mais que ses muscles ne répondent pas.

Il va la noyer doucement. Lentement. Elle se débattra à peine, ce sera presque trop facile. Il aurait préféré une vraie lutte, mais il sait qu'il ne peut pas laisser de traces sur le corps de sa femme s'il veut que l'on croie à une noyade accidentelle. Alors il a broyé quelques anxiolytiques avant de les mélanger discrètement au champagne, puis il l'a enivrée sans qu'elle s'aperçoive de rien. Elle qui ne prend jamais le moindre Doliprane, le cocktail médicament-alcool se révèle explosif, comme il l'avait escompté.

À l'autopsie – si on retrouve son corps, bien sûr –, ils sauront que Chloé avait pris du Xanax et qu'elle était ivre. Gabriel leur dirait, en sanglotant, qu'il avait remarqué que depuis la fin du jeu sa femme n'allait pas très bien, qu'elle semblait éteinte. Elle avait beaucoup de mal à se réadapter à la réalité, après avoir vécu pendant des mois quasi coupée du monde. Elle buvait un peu trop, Gabriel avait même trouvé plusieurs boîtes d'antidépresseurs et d'anxiolytiques dans sa table de chevet. Les larmes aux yeux, il dirait : « J'ai sous-estimé son mal-être, elle faisait la forte et je n'ai pas vu qu'en réalité elle s'enfonçait. » Tout le monde le croirait, parce que les candidats de jeux de téléréalité qui sombraient dans l'alcool ou la drogue, il y en avait tellement… « Ma femme est une nouvelle victime de la télévision… » Gabriel s'effondrerait en bégayant : « Je vivrai toute ma vie en me demandant si elle s'est suicidée ou si c'était un simple accident… »

Tout le monde s'apitoiera sur son sort en se disant que, décidément, ce pauvre homme cumule les malheurs. Il offrira les 500 000 euros à une association caritative. Il se fiche de cet argent pourri et ne veut surtout pas qu'on le soupçonne de quoi que ce soit, qu'on vienne à penser qu'il aurait pu vouloir tuer sa femme pour empocher la totalité des gains. Au contraire, en se débarrassant de cet argent, les gens le verront comme un héros. Oui, il donnerait tout, aux Sauveteurs en mer par exemple. Ce serait tout à fait approprié. « Pour qu'il n'y ait plus jamais de victime de noyade ! » Il s'imagine déjà, le regard lointain, l'air ému et la lèvre tremblante, déclamant son discours à qui voudra l'entendre.

Chloé s'étouffe et émet de drôles de bruits tandis que l'eau clapote dans sa bouche. Gabriel est tiré de sa rêverie et la contemple avec mécontentement. Ses yeux sont deux immenses points d'interrogation. Elle ne comprend pas pourquoi. Elle ne comprend pas ce qui lui arrive.

– Chut, chut, c'est bientôt fini… la réconforte Gabriel. Ne t'inquiète pas, je vais rester avec toi jusqu'au bout. Je ne t'abandonnerai pas.

Chloé essaye de le repousser, mais il la tient fermement, elle ne peut pas lutter, elle ne peut pas s'enfuir. Elle voudrait hurler, mais elle ne parvient plus à émettre le moindre son.

Au-dessus de lui, quelques mouettes passent en criant, et il a presque l'impression de les entendre rire entre elles.

– On te retrouvera demain, après-demain, dans un mois, ou peut-être même jamais… Je te pleurerai, je sais ce que c'est d'être effondré par la mort de son épouse. Après tout, je suis déjà passé par là, tu t'en souviens ?

Chloé ferme les yeux quelques longues secondes, elle se rend. L'eau recouvre son visage. Elle ouvre la bouche mécaniquement, comme un poisson. Elle cherche l'air mais n'avale que de l'eau. Puis ses yeux fixent à nouveau Gabriel. *Pourquoi pourquoi pourquoi.*

Ses bras se détendent, se relâchent. Son regard se fige enfin. Gabriel desserre son emprise et laisse couler Chloé au fond de l'eau.

Ce n'est pas trop tôt. Il va pouvoir rentrer chez lui et aller promener Chance.

Le chien doit avoir sacrément envie de se dégourdir les pattes, le pauvre est enfermé à la maison depuis ce matin.

« Ce qui me bouleverse,
ce n'est pas que tu m'aies menti,
c'est que désormais
je ne pourrai plus te croire. »
Friedrich Nietzsche

Remerciements

J'avais d'abord fermement décidé de ne pas écrire de remerciements, par peur d'oublier et de blesser quelqu'un d'essentiel.

Et puis les jours ont passé, et je me suis dit que je m'en voudrais de ne pas rendre hommage à tous ceux qui, de près ou de loin, ont contribué à transformer ce parcours d'auteur « indé » en véritable rêve éveillé…

Merci à Mathieu, qui me soutient et me supporte *(ceci n'est pas un anglicisme)* à longueur de journée, et avec qui je partage toute cette aventure depuis le début.

À mon père, également un des premiers à avoir cru en ce roman, toujours là pour me conseiller, me lire et me relire, à l'affût de la moindre coquille ou incohérence.

À ma sœur, qui à présent se méfie lorsqu'elle me confie quelque chose, « Si je te raconte, ça ne finira dans un de tes livres, hein ? »

À Mélanie, pour son enthousiasme sincère et ses encouragements sans faille.

À Frédéric : nos échanges m'ont été précieux pour retravailler le texte, à un moment où je n'avais plus beaucoup de recul sur l'histoire que j'avais imaginée.

À Claire, pour m'avoir remis en tête cette idée un peu folle d'écrire un roman.

Merci à toute la communauté d'auteurs indépendants dont j'ai la chance de faire partie. Merci en particulier à Patrick Ferrer, Jacques Vandroux, et Alice Quinn pour leurs conseils.

Sans oublier Solène Bakowski : les mouettes sont pour toi !

Un immense merci aux milliers de lecteurs et lectrices qui ont découvert *Fidèle au poste* depuis mars 2015, qui en ont parlé autour d'eux ou sur leur blog, qui m'ont parfois écrit après avoir terminé leur lecture, et qui ont pris la peine de laisser leur avis sur Amazon.

Une pensée particulière pour Julien Arnaud, mon premier « lecteur inconnu »...

Et pour Chéryl, du blog Cherylivres, qui a eu la gentillesse d'accepter que je m'inspire de sa chronique de *Fidèle au poste* pour retravailler le synopsis du roman.

Merci à Florian Lafani des éditions Michel Lafon, qui n'a probablement pas soupçonné à quel point mon cœur battait la chamade lors de notre premier échange téléphonique… *Fidèle au poste* va connaître une seconde naissance en librairie, et je ne peux qu'être émue et reconnaissante de cette chance qui m'est donnée.

Merci à toute l'équipe d'Amazon France et États-Unis pour son soutien, sa créativité, et son envie de promouvoir le plus possible mon livre.

Et, bien sûr, merci à vous, qui avez osé acheter mon premier roman, qui avez osé parier sur moi qui ne suis personne. Je croise les doigts pour ne pas vous avoir déçus.

Si jamais vous avez commencé *Fidèle au poste* avant de vous coucher, j'espère avoir réussi à vous faire passer une nuit blanche !

* * *

Retrouvez-moi ici
http://amelieantoine.blogspot.fr/

Et sur ma page Facebook
https://www.facebook.com/AmelieAtn

Pour me contacter
amelie.antoine.auteur@gmail.com

Table des matières

Composition PCA
44400 – Rezé

Imprimé en Espagne
Dépôt légal : Mars 2016
ISBN : 978-2-7499-2789-3
LAF : 2135